The Record by an Old Guy in the world of Virtual Reality Massively Multiplayer Online

とあるおっさんのVRMMO活動記

28

椎名ほわほわ
Shiina Howahowa

アース
本編の主人公。
マイペースなプレイぶりで知る人ぞ知る存在に。
リアルでは38歳独身の会社員、田中大地《たなかだいち》。
雨龍《うりゅう》
「龍の国」で
崇められている
双龍が一人。
妖しいほどの
美女にして
凄腕の武人。
クラネス
ドワーフの女鍛冶屋。
腕利きながら、
無茶な武器を
好んで作る。
アクア
妖精国の象徴・
ピカーシャの一体。
お忍びでアースの旅に
同行する。
登場人物
紹介

魔王様
魔族の頂点に
立つ存在。
とてつもない力を
誇る一方で、
意外な一面も
……？
ゼイ
ダークエルフの
長老の七男。
大剣を操る
切り込み役。
ザウ
ダークエルフの
長老の三男。
槍を操る遊撃役。
ソガ
ダークエルフの長老の次男。
杖術と魔法を操る支援役。

1

砂龍《さりゅう》師匠をはじめ、多くの犠牲を伴いつつも有翼人達《ゆうよくじん》との長い戦いを終えたアースこと自分。霜点《そうてん》さんと皐月《さつき》さんのお墓参りを済ませた後、その日はそのまま「ワンモア・フリーライフ・オンライン」の世界からログアウトした。

◆　◆　◆

そしてリアルの翌日。再びログインした自分は、年をとった龍人の姿をした龍神《りゅうじん》様と黄龍《こうりゅう》様に今回の一件のてん末を包み隠さず報告していた。

「と、いうことで……空にいる有翼人達との戦いはかろうじてではありますが勝利に終わりました。しかし、砂龍師匠は……」

包み隠さず、ということは、もちろん砂龍師匠の死亡も伝えるということだ。こうして自分が報告するまでもなく、このお二方なら砂龍師匠がすでにこの世にいないことは分かっているだろう。だが、こういうものはけじめである。きちんと自分自身で逃げずに報告しなければならないのだ。

「よい。こちらにも非はある。真龍《しんりゅう》としての力を十分に得ている砂龍がそこまでせねば勝てぬ相手であったという、こちらの想定を超えた事態であったのだからな。むしろ、そんな状況になってなお、事を成したお主《ぬし》を称賛せねばならぬ」

と、龍神様からのお言葉。そして黄龍様からは……

「うむ。龍神の言う通りだ。胸を張れ！　師を失ったことは実に辛かろう。だが、砂龍はお前を信じて最後の稽古《けいこ》をつけ、力を託《たく》していったのだ。それを忘れてはならんぞ。しっかりと両の足で立ち上がり、前を見据えるのだ。我が力を託したお前なら、できるはずだ」

それを聞いて、自分はただ静かに涙を流した。戦いが終わった後にまた色々とあって、忙しく走り回っていた。だから、改めて砂龍師匠を失った現実に向き合った時、抑えていたものがこみ上げてしまった……しばし静かに泣いた後、自分は再び前を向く。

「我が師の名に泥《どろ》を塗《ぬ》らぬようにこれからも生きていくことを、改めてここで誓います。我が師が残してくれた力を、悪事に用いるような真似をしないことをここに誓います。これからも師の教えを忘れず、修練に励《はげ》みます」

龍神様と黄龍様は静かに頷《うなず》いてくれた。あとは、自分の言葉を裏切らないよう行動すればいい。

「気に病むな。病みすぎて弟子が朽《く》ち果《は》てていくなど、砂龍が一番望まぬことだからな」

「そもそも、龍神がそこまでせねばならぬ相手をお前は斬《き》ったのだ。間違いなく、お前は世界を救った人物の一人だ。驕《おご》ってはならぬが誇るのは良い。だが、その誇りは口に出すでないぞ？　そのような行為はすぐに驕りになって、心が堕《だ》することになるからな」

龍神様と黄龍様に再び自分は頷いた。そう、大きな偉業を成し遂げた英雄も、堕落してしまえば新しい世界の脅威《きょうい》になることもある。そうならないように普段から心がけないと。

「それとな、お前の中で眠りについた黄龍の力のことじゃがな……今はそのまま眠らせておく方がよいじゃろう。焦る必要はないぞ、お前が必要になったと強く思った時に必ず目覚める。だから今はそのままそっとしておけ」

そんなことを、立ち去る前に黄龍様から言われた。黄龍の力だけではなく、指輪に宿るルエットもあれからずっと眠ったままだが……あの戦いで無茶の一言では到底《とうてい》言い表せないことをさせてしまっているからな。今しばらくはそっと眠らせておいた方が良いな。たたき起こさなきゃいけない時が来るまでは。

「分かりました、ならば焦らずに目覚めの時を待ちます。もっとも、そんな力が必要になるのはぎりぎりまで追い詰められた局面ということになるでしょうから、できればやって来ないでほしいところですが……」

苦笑しながらそんなことを口にした後、自分はこの場から立ち去った。あとは龍城に行って、龍《りゅう》稀《け》様に面会が叶うか確認するか。前に義賊頭《ぎぞくがしら》として来た時に対面していることがバレていないと良いんだけど……

——アースが立ち去った後の、龍神と黄龍——


「よもや、こうして直接報告に来るとはな」

「律儀《りちぎ》なのは良いことだ。だが、砂龍の死を抱え込みすぎねば良いがな。アースの責ではないからのう」

アースが立ち去ったことを確認したのちに、龍神と黄龍は話し合いを始めた。

「最悪の事態となれば、出る被害の大きさを完全に無視して我と黄龍が揃って戦いに出向かねばならなかったか」

「幸い、そうはならんかったが……龍の中でも実力者の砂龍がよもやあのような手段を取らねばならなくなるとはな……我らの想定を軽く上回っておった」

龍神はキセルを吸いながら、黄龍は茶を飲みながら互いに渋《しぶ》い顔をする。

「よくぞ勝ってくれた、と討伐《とうばつ》に向かった者達を素直に褒《ほ》めねばならぬな」

「うむ……大半が戻らなかったと聞く。ドラゴンは報告を終えて倒れ込み、二度と目を開けなかったらしい。大勢の者の盾となって戦い抜いたからじゃろうな……」

ある程度の苦戦は、龍神も黄龍も当然考えに入れていた。だが、それも有翼人達の戦闘力を神の力ではかった上での想定だった。それがよもや、決戦の最中に有翼人のトップであるロスト・ロスが大勢の討伐隊を吸収し、神に近い力を手に入れてしまったのは想定外もいいところだった。

この時点で、龍神と黄龍はあらゆる掟《おきて》を破り、出る被害など度外視して出撃する準備を始めていた。しかし砂龍が己《おの》が身を砕いて魂を魔剣の中に移して弟子であるアースと共に自らを刃と成し、切り込んで致命傷を与えることに成功した。そのまま止めを刺《さ》されたことでロスト・ロスは消滅。

龍神と黄龍はこの時、本気で胸を撫《な》で下ろしていた。

「まさに今回の戦いに出向いた者達は紛《まぎ》れもない勇士よ。彼らがいなければ、どうなっていたか想像もしたくない」

「同意だな、邪悪《じゃあく》な者共が過剰《かじょう》と言っていい力まで持っておったという最悪な話だったからな。それに加えて大勢の者が洗脳されてしまったからのう……地獄が現世に顕現《けんげん》するところだったわ」

渋い表情を崩《くず》さぬまま、龍神はキセルの灰を取り、新しい煙草《たばこ》を詰める。黄龍の方は新しい茶を自分で入れ直した。

「だが、この件が終わったことで世界を脅《おびや》かすものは今は確認できなくなった。しばらくは穏やかな世となるだろう……愚《おろ》かな指導者が戦《いくさ》を始めなければ、だが」

「幸い、そのような指導者はどの種族にもおらん。楽観はできんが、悲観することはないじゃろう」

ここに来て、ようやく二柱の表情から渋さが取れ始めた。有翼人との戦いは悲しいこと、苦しいこと、嘆くことなどは多々あったが……幸いにしてもう終わった過去のこととすることができた。

ならば次にやるべきは未来について考えることだ。この一件で多くの者が死んだ。彼らの死が無《む》駄《だ》になるような未来を創ってはならないのだ。

「龍稀は引退を考えておるようじゃったが……まだ龍姫《りゅうき》に全てを任せるには早すぎるだろう」

「うむ、当分は後方から支援するように言っておかねばなるまい。まあ、あの者は愚かではない。我らに言われんでもそうするだろうが、一応な」

これからしばらく先に龍稀は龍姫に龍の国の王の座を渡すのだが、龍神や黄龍の口にした通り、自分も後ろで龍姫の補佐を務めることとなる。江戸幕府の将軍と大御所の関係とでも言えば良いだろうか？　とにかく、龍稀の完全な引退はずっと後のこととなる。

「運が悪かった、そう思ってもらう他ないな」

「うむ、有翼人がいなければどの国ももう少し楽ができたであろうにな……我が国とエルフ、ダークエルフ、魔王領あたりは特にの」

エルフとダークエルフはハイエルフに有翼人がちょっかいを出して思想を歪《ゆが》められたが故《ゆえ》に、余計な苦労をさせられた面がある。魔王領は言うまでもなく有翼人が魔王に直接ちょっかいをかけたせいでいくつもの悲劇が起きている。有翼人がいなければ、起きなかった悲劇がいくつも転がっているのがこのあたりの国である。

「今後はより世界が発展するだろう。だが、その発展の裏で悪事を企《たくら》む存在は必ず出てくる。これからも見張っていかねばならぬな」

「今は、義賊を名乗る者共が積極的に働いてくれておるがのう。彼らも危ういところがいくつかある……楽観はできん。それに、彼らだけに任せるというのもまた間違いじゃからな」

アースが義賊頭をやっている、ということはもちろんこの二柱は知っている。が、悪事を働いておらず世界の安定に貢献《こうけん》しているので口出ししないだけである。アースが義賊をやって人助けをしても、誇らずに隠しているのも二柱にとっては評価する点である。

「不安点は数あれど、それは今までと同じか……」

「それと同時に希望もあるのもまた同じじゃ。神がしゃしゃり出る時は過ぎておるし、今はしばし世の移り変わりを見守ることになるかの。おかしな芽の芽吹きを見逃さぬようにせねばな」

2

龍城にて──

「来たかアース。此度《こたび》の一件、そなたの働きは実に見事であったと報告を受けている。改めて褒めて遣わす、大儀《たいぎ》であった」

「はっ、龍稀様から直々《じきじき》にそのようなお言葉をいただけたこと、恐悦至極《きょうえつしごく》に存じます」

龍城への入場許可と、龍稀様への面会要求はあっさりと通った。ただ、龍稀様の左右に多くの家臣が並ぶ公式の場での面会となったので、自分も龍稀様も普段とは全く異なる口調や態度でやり取りをしているのだが。

「しかし、これほどまでの巨悪がおったとは……きゃつらの計画が完全に動き出しておったら、どれほどの被害が出たのか考えたくもない」

「仰る通りです。空の世界にて、不幸にもあやつらの手の内に落ちてしまった人々の凄惨《せいさん》な姿たるや、目を覆《おお》ってもなお、瞼《まぶた》の裏に浮かび上がるほどでありました」

左右に控《ひか》えている龍稀様の家臣達は騒ぐことこそないものの、様々な表情を浮かべていた。一番多いのは恐怖、次に続くのは怒りだろうか。

「だが、お主を含む地上連合軍の必死の働きによって、その地獄が地上まで及ばなかったことには感謝せねばなるまい。こちらも精鋭の龍人を幾人《いくにん》も送ったが、ほとんどが帰ってこられなかったことが戦いの凄《すさ》まじさと過酷《かこく》さを教えてくれた。戦って散った者に対して、儂《わし》は死ぬまで彼らの冥福《めいふく》を祈り続けよう」

その龍稀様が話し終えると、誰かが音頭《おんど》を取ったわけでもないが、この場にいる皆が手を合わせて黙祷《もくとう》した。彼らは世界のためにその身を盾にして散ったのだ。敬意を払うのは当然と言えるだろう。そしてしばし静かな時間が過ぎ、龍稀様が再び口を開く。

「して、褒賞は何が良い？　できる限りは応えよう」

「いえ、褒賞はすでに魔王様より十分すぎるものをいただいております。ここでもいただいてしまっては褒賞の二重取りとなります。故に、お気持ちだけいただいておきます」

報酬は断っておく。魔王様からもらったもので十分だ……一番の褒賞は、地上が滅茶苦茶にならずに済んだことなんだしね。あの有翼人が我が物顔で地上を支配するようなことになっていたら、悔やんでも悔やみきれない。

もしその展開を迎えてしまったと仮定すると、自分は有翼人のトップ——ロスト・ロスに食われてアバターや洗脳対策の装備をはじめとしたもろもろをロストしただろうから、一切抵抗できなかったはずだ。後は目に映る者が敵か味方か、人なのかモンスターなのかも見極められずに世界を彷徨《さまよ》い続けるだけになったかな。

「そうか？　まあ無理強いはせん。必要ないと言っている相手に押し付けるのは無礼がすぎるからな、儂はそのような下種《げす》に堕するつもりはないぞ」

そう言った龍稀様に、自分は静かに頭を下げる。ま、正直欲しいものとしてはスネーク・ソードがあげられるんだけど、この龍の国にはないからなぁ。逆に大太刀だとか、鎧兜《よろいかぶと》なんかは豊富なんだが自分には邪魔になるだけだ。ずっと昔にこの国の宝物庫にも入ったから、そこら辺のことはなんとなく覚えている。

「では、下がってよいぞ」

「はっ、では失礼いたします」

最後にそんな短いやり取りを経《へ》て、龍稀様への面会は終わった。体が回復したことは動きで分かってもらえたろうし、挨拶も終わった。これで龍の国でやることは済んだかな。次は地底世界にいるドワーフのクラネス師匠のもとで新しいスネーク・ソードの入手を考えよう。

そう考えながら龍城の出口へ向かって歩いていた自分を、聞いたことのある女性の声が呼び止めた。振り向くと、視線の先には龍姫こと龍ちゃんがいた。以前と違って落ち着いた様子で自分に近寄ってくる。うん、何と言うか、以前と比べるとぐっと大人の女性になったような感じがする。

「呼び止めてすまぬな、アース」

「これは龍姫様。何用でしょうか？」

周囲の目があるので、龍ちゃんとは呼ばない。向こうもその辺は承知しているようで不満を顔に浮かべることはない。

「父より、少々別のところに案内するように頼まれていての。あのような場では決まりきった言葉しか吐けぬとのことでな。すまぬがもう少し、わらわ達に付き合ってもらえぬか？」

まあ、急ぐ用事はないからいいか。構いませんと伝えて、龍ちゃんの後に続く。

案内された場所は、小さな茶室。入り方もこれまた昔ならではの狭《せま》い入り口を潜《くぐ》る形を取っていた。その中にいたのは、龍ちゃんの母親。自分の後に龍ちゃんも入ってきて、入り口が閉められた。

「夫より、しばらく貴方《あなた》をもてなしておいて欲しいとの願いを聞いております。ですがまずは……此度の一件、誠にありがとうございました。共に空の世界に上がった者にも当然感謝をしておりますが、貴方様はそれよりも前からあちこちをめぐり、洗脳対策や人員を集めるなど動いてくださっていたと聞き及んでおります」

と、今度は龍ちゃんと龍ちゃんの母親の二人に頭を下げられてしまった。なんかこう、お偉いさんに頭を下げられるとすごく居心地が悪いと感じるのは、自分が小物故だろうか？

「頭を上げてください、私にできることを精いっぱいやっただけのこと、それだけにございます。

それがたまたま、そうたまたま良い方に転んだだけであって……」

正直、有翼人の情報は自分に同化した魔剣、【真同化《まどか》】を手に入れていなかったら知りえなかった可能性が高い。魔王の力だって賭《か》けに勝っただけであって、実力で手にしたとは言い難い。うーん、運頼りで行き当たりばったりだよ。まあ、それでも上手く行ったんだから良しなんだけどさ。

「確かにきっかけはたまたまかもしれません。しかし、その後の活動や努力はたまたまではないでしょう？　そして何より、大勢の戦友を喰って進化を遂げた有翼人から逃げず、立ち向かったのは勇気を振《ふ》り絞《しぼ》ったからでしょう？　それをたまたまだなんて、言ってはいけませんよ？」

龍ちゃんの母親は頭を上げた後にそう言ってくるんだけど、なんだろう？　表情も目も笑っているが雰囲気が笑っていない。不思議な威圧感を感じる……うん、逆らわない方が良いな。

「――そうかもしれません。考えを改めます」

頭を下げながらそう言うと、不思議な威圧感はふっと消えた。やれやれ、何とかやり過ごせたか。でも、心構えはこんなもので良いんだろう。龍神様も黄龍様も自分の成果をあまりに誇りすぎれば堕落するきっかけになると言っていたからな。

「ごめんなさいね、貴方は十分すぎる働きをしてくれました。なのに、あまりにも自分自身を過小評価していたようなので要《い》らぬお小言を言ってしまいました。年寄りのおせっかいだと思ってくださいな。さて、ではまずはお茶をたてましょうか」

龍ちゃんの母親はそんな言葉の後にお茶をたて、ようかんに近い見た目をした菓子と一緒に自分の前に出してきた。万が一にもむせないように、ゆっくりとお茶の入った器を傾けて口につける。渋いが渋すぎるということはない。器を置いて次は菓子に手を出す。うん、こちらも甘いが甘すぎず、そしてお茶で渋くなった口の中をほどよい感じに整えてくれる。

その一方で、同じくお茶と菓子を出された龍ちゃんの方は悪戦苦闘しているようだ。お茶の渋みに可愛い顔を歪め、慌てて菓子を口にしてほっと一息ついていた。そんな龍ちゃんの姿を見て、母親の額に青筋が浮かび上がっていた。あーあ、こりゃ後で龍ちゃんが叱《しか》られる展開が見えるよ……

そんな中、二杯、三杯とお茶が遠慮なくふるまわれる。自分は渋さにも慣れて平気だったが、龍ちゃんの方はもう全く渋さを我慢できていない酷《ひど》い表情に変わっていた。そして増えていく母親の青筋。うーむ、助け船を出そうにも出せるような空気じゃないんだよな。

龍稀様、早くここに来て！　このままだと龍ちゃんが非常にマズいことになるから!!

幸い龍稀様はそれからほどなくして茶室にやって来てくれた。おかげで龍ちゃんが母親から直々に指導を受ける時間はすぐに終わった。

「ん？　どうした？　少々妙な空気が漂《ただよ》っておるようじゃが？」

「問題ございません、ちょっとしたもてなしの合間に娘が少々客人の前で粗相《そそう》をしただけですので」

にっこり笑う龍ちゃんの母親が怖いんですが。だが、そういう感情は、顔にも空気にも出さない。それが大人の処世術《しょせいじゅつ》の一つである。これができずに自分の本音をぽんぽん表情に浮かべてしまうと、人付き合いなんてやってられないからね……

「そうか、まあよい。改めてだが……アース、此度は本当によくやってくれた！　もちろんこの結末はお主一人の戦果ではないが、お主は早くから動き回ってくれた人物の一人であることには違いはない。あのようなかしこまった場では ろくに褒めることも褒賞を出すこともできぬ。それではあまりにも働きに対しての誠意がなさすぎるのでな。このような場を設けさせてもらった」

ああ、だから立ち入る人が少ない茶室に呼ばれたのか。そんな龍稀様に軽く頭を下げてから、自分の考えを口にする。

「お気を使わせてしまいましたか。しかし、私としては体が回復したことと、龍の国の方々にはお世話になりましたので改めてお礼を言いに来るのが筋だと考えて行動したまでで……褒賞はいらないというのも本心からの言葉です。何をもらっても、有効活用できないということが分かっていますので」

この国に来て雨龍師匠に挨拶し、その後のお墓参りも龍神様と黄龍様への挨拶も済んだ。最後に龍稀様への挨拶が終われば全ての用事は済む。

この後は地底世界に入って、クラネス師匠のところで新しいスネーク・ソードを手に入れたら静かになったであろう世界をゆっくり回るつもりだ。とりあえずフェアリークィーンのところにも顔を出すかねえ。

「律儀だな。しかし、魔王殿の城で見た貴殿の姿はあまりにも痛々しかったが、そこまで回復したのを見て安堵《あんど》したのもまた事実だ。あのまま寝たきりになってしまうのでは、と内心では思っていたからな」

そう言われても仕方がない、それぐらいボロボロだったのだから。まあ、幸い回復してこうして歩き回れるんだけどね。これももしかしたら、砂龍師匠が最後にくれた力の一端なのかもしれない。何せ龍の力だ、人一人を瀕死《ひんし》の状態から回復させることぐらいしても驚きはしない。

「しばらくは寝たきりでしたが、魔王様の配下である皆様が非常に良くしてくださいまして。後は運でしょうか？　もしくは、まだ寝たきりになる時ではないという天の采配《さいはい》なのかもしれませんが」

理由はどれでもいいんだ。旅を続けられるのは実にありがたいという話なんだから。まだこの旅の結末がどこにあるのかわからないが、行けるところまでは行ってみたいという欲はある。まだ見ぬ種族がいるかもしれんし、見落としだってあるだろう。だから全部の国の足を踏み入れていない場所をしらみ潰しに歩いてみるのもいい。

「ふむ、だが何にせよそこまで回復したのは喜ばしいことだ。今回のような事態はそうそうないと思うが、やはりいざという時に頼りになる者が動けるか否《いな》かは心情的に全く異なるからな。今後も、もし龍の国で一大事件が起きた時に手を貸してもらえるとありがたい」

そう言われて自分は頷く。龍の国に悪い印象はないしな、手を貸すのは吝《やぶさ》かではないってやつだ。

「しかし、貴方。要らぬと言われたからといって本当に何も渡さぬというのは流石《さすが》に為政者《いせいしゃ》としての沽券《こけん》にかかわるのではありませんか？」

「言われぬでも分かっておるわ。しかし、金子《きんす》の類《たぐい》を出してもこやつは受け取らんぞ？　武具の方も、合うものは確かなかったはずだ。そちらの方でも褒賞として不適切になろう。売り払って金にされても構わぬが……それならば初めから金子を渡す方が早いからな」

龍ちゃんの母親に、龍稀様がそう言葉を返す。だが、龍ちゃんの母親、まあ龍稀様の奥方なんだが、彼女の言葉は止まらない。

「ですので、私の方で用意させていただきました。どうぞ、入ってきてくださいな」

その奥方の声を合図に、茶室の入り口が開く。入ってきたのは……空の世界に乗り込む前に自分に薬の修業をつけてくださった先生だった。

「お呼びにより、参上いたしました。例のものも、ここに用意してあります」

「ええ、先生にはお手数をおかけしました」

小さな木の箱を持って入ってきた先生に、奥方が答える。その箱を、先生が自分の前に置いた。

「開けてみるとええ、奥方様がお主に今回の働きの褒美として渡しなさいと指示をしていたものじゃからな」

先生の言葉に頷いて、箱を開けると……中にはいくつもの薬草が。だが、おかしい。どれも今まで見てきた薬草に似ているが違うぞ？　一枚一枚手に取って確認するが、やはり色、形が微妙に違っている。

「それらは本来、門外不出の薬草。効果はただのコモンポーションであっても、レアポーション並みの効果をもたらすじゃろう。しかし、強力すぎる薬は毒にもなるからのう、むやみやたらと普通の薬師に使わせるわけにはいかなくての。もちろん、取れる量が非常に少ないということも理由にはあるんじゃがな」

つまり、薬草・極みたいな感じなのか。だが、アイテムとして鑑定してみるとただの薬草としか表示されない。説明文も変わらな——いや、スクロールバーがあるな。動かしてみると……その先には「変質しているため、効果が跳ね上がっている」とあった。しかし——

「このような薬草があるのなら、なぜ空の世界に向かう前にいただけなかったのでしょうか？　これらの薬があれば、もしかしたらより多くの命を救えたかもしれません」

この疑問は当然出てくる。こんないいものがあるのなら、決戦の前に最高のポーションを作って持っていけたのに。が、この質問を自分がすることは想定内だったようで、すぐさま先生の口から理由が語られる。

「うむ、その質問はもっともだ。儂とてできるなら持たせたかったわ。しかし、時が悪かった。この薬草はな、取るまでに七年と七か月の時を要する。そしてもし一日でも早く取ってしまうと、ただの草に変じてしまうという困った特性を持つのだ。故に渡したくとも渡せんかったのじゃよ」

あっちゃあ、そういう条件が付いているのか。それじゃあどうしようもないか……時に喧嘩《けんか》を売ったってどうしようもない。

「それとの、その箱の中に入っている薬草は少ないと思ったじゃろう？　しかし、それが七年七か月経ってようやく取れる量の全てなのじゃよ……全ての兵士に行き渡るだけのポーションなどとても作れん。故にこの薬草の存在は、当主様やそのご家族、そしてわしのような薬師しかその存在を知らぬ。龍人以外に見せたのも初めてのことじゃ」

やめて、そういうのやめて。そういうものを渡されて心情的に重くなるぐらいだったら初めから褒賞なんていらないよ！　こんなことだったら、ちょっとしたお金をもらって終わりにしておけばよかった！　なんて心の中で叫んでも後の祭り。ああ、やっちゃったよ……

「お待ちください、そのような希少な薬草であるのならば私がいただくわけにはまいりません。もし何らかの病が流行《はや》った時に、あの時の薬草を異邦人に渡さなければこの病を治せる薬を作れるのに、なんてことになったらどうするのですか！」

　即興で作った断りの文句としてはまあまあだろう。それに、そんなことが起きないなんて誰にも言えないのだ。未来なんて、どうなるのか一切分からないのだから。この自分の言葉に龍稀様も同意してくれる。

「うむ、アースの言う通りだ。そんなことがいついかなる時に起きないとも限らぬ。そういう一大事が来た時のためにこの【七年七か月草《ななねんななげっそう》】は城にて厳重に保管することになっておるのだぞ。ましてや、前の【七年七か月草】は全て使い切っておる、ここで補充ができぬとマズいことになるぞ？」

　うんうん、流石は龍稀様。自分と同じことを危惧《きぐ》してくれた。が、奥方様は動じない。

「無論そうでしょう。ですからアース様に褒賞として渡すのはその中の数枚です。ですが、その数枚は下手な金子よりもはるかに重いことはここまでの話で分かっていただけたと思います。そして生み出した薬は、貴方がこの先助けたいと思った方のためにのみ使ってください。それが私からの褒賞です」

　――箱の中身をもう一度確認すると、確かに薬草は数十枚はあるな。なら、数枚だけならもらってもぎりぎり大丈夫、か？　それに、龍稀様や奥方様の沽券の問題ってのも確かにある。ここでも頑《かたく》なに要らないと固辞《こじ》するとかえってよろしくない、かもしれない。

「――分かりました。では、数枚いただきます。もちろんこの薬草については他言無用ということですよね？」

返ってきたのは、肯定の意を示すように無言で頷く奥方達の姿。なので、自分もゆっくりと頷いた。ま、一定の信頼がなきゃそもそも見せてくれないだろうし……言いふらすような真似はしないだろうということも踏まえているだろう。その信頼を裏切るような真似は当然しない。信頼ほど、厚くなるほどに脆《もろ》くなるものを自分は知らない。

先生に小さい袋の中に薬草を七枚入れてもらい、アイテムボックスの中にしまった。袋にはＳ級薬草と中身を思い出せるように短いメモを張り付けておいた。普通の薬草とごっちゃにしたら大変だ。これを使わなきゃならない時が来ないことを祈りたいところだなぁ。一種のお守りのような存在で終わってくれればいいんだけど。

3

茶室での話も終わり、自分は龍城を後にした。泊まっていけと龍稀様は言っていたが、今回はお断りさせていただいた。代わりに今夜の宿としたのは……

「まあまあまあ、ようこそいらっしゃいました。ささ、どうぞどうぞ。ごゆるりとお過ごしください」

女将《おかみ》さん自ら出迎えてくれる。

六《むつ》が武《たけ》の一番でっかい宿屋だ。ここに来るのは本当に久々だな……そんな自分であっても、この宿屋の女将さんをはじめとした皆さんは自分のことを忘れないでくれたらしい。顔パス状態で案内され、あれよあれよといい部屋に通されてしまった。

(こうして六が武の桜を眺《なが》めるのも久しぶりだな。何度か来てはいたがそんな心の余裕は全くなかったもんな……)

頭から降ろしたアクアを撫でながら目を閉じれば、有翼人の存在とその企みを知り、いろんな場所を駆けずり回ってようやく阻止が叶った今までの出来事が瞼の裏に浮かんでは消える。

再び目を開けると窓の外に風が吹いて、多くの桜の花びらを空に浮かべていく。文字通りの桜《さくら》吹雪《ふぶき》が目に入る。

(――負ければ、こんな光景も全てなくなっていたんだろうな。本当に、勝てて良かった)

風と桜の桜吹雪ショーを堪能《たんのう》した後、装備を外して浴衣姿となり、腰を下ろしてほっと一息。そのタイミングを見計らったように宿屋の女将さんがやって来た。

「ようこそいらっしゃいましたアース様、ごゆるりとお過ごしください。それと、先に申し上げておくことがございます。今回の宿泊は無料とさせていただきます……お代は、龍稀様がお出しになられるとのことです」

ありゃ、そんな話になっちゃったのか。うーん、でもまあいいか。ここに長居してだらだらと過ごすっていうなら問題だが、いても数日だ。それならまあそんなに負担とはならないだろうし、この代金を持つのも褒美の一つと考えたと思われる龍稀様の面子も保たれるか。

「分かりました、ご厚意に甘えさせていただきますと、龍稀様にお伝えいただけますか？」

「承りました」

こんな感じで、感謝の意を示しつつ厚意に甘えさせてもらうという形を取れば間違いないだろう。面子を潰された時に感じる人の暗い感情ってものは馬鹿にできないからな。ましてや龍稀様は龍の国の王だ。王の面子を潰していいことなんて何もない。争いの種になるだけだ。

言うまでもないことだが、自分は誰かと争うつもりは欠片《かけら》もない。むしろやっと終わったんだから当分はのんびりとしたい。戦いも必要最小限でいい。世界を回って、綺麗なものを見て、いろんな飯をアクアと共に食べて、そしてまた歩く。明確な目的も当分はいらない。もちろん明鏡止水の世界にはちょくちょく入って訓練はするけどな。

「お風呂の準備はできております、お入りになられますか？」

「そうですね、入らせていただきます」

女将さんにすすめられて、風呂場に向かう。体を洗った後に浴槽の中に身をゆだねる。でかい風呂に独りだけの貸切状態だ。自然とあぁぁぁ……という声が自分の口から漏れ出す。アクアは桶《おけ》の中にお湯を張った専用風呂の中でこちらも脱力中である。

「あー、癒《いや》される……」

「ぴゅいぃぃ〜……」

「ワンモア」の風呂は何度も堪能してきたが、飽きるっていうことがない。まあ、リアルの風呂は小さくてのびのびと入れないからより快適に感じるのかもしれないが。風呂と言えば、以前カザミネやレイジが家の風呂は小さいとか改築は不可能で広い風呂など望めないとか話をしていたっけな。だが、この宿の風呂なら思いっきり伸びをしても、手や足が縁《ふち》に当たるということは絶対にない。悠々と入れて泳ぐことすらできそうだ。無論やらないが。とにかくそれだけの広さがあれば、非常に開放感がある。そんな開放感は、リアルではなかなか感じることが難しい快感を与えてくれる。

湯に疲れが溶ける、とはこういうことなのかもな。この感覚こそが、でかい風呂に入る価値の一つなのは間違いないだろう。狭い風呂じゃ、こんな気持ちにはなれない。事実、リアルで風呂に入ってもここまでの開放感を覚えたことは一度もない。

楽しいお風呂タイムを過ごし、部屋に戻るとすぐに食事の用意がされた。刺身にお肉、ご飯に漬物にお味噌汁と豪勢な内容だ。ならば美味しくいただくのみ……「いただきます」の後に一つ一つをじっくりと味わって食べる。うん、刺身は新鮮で肉はさっぱりとしながらも旨味がたっぷり詰まっている。どういう料理法なんだろうか？

ご飯はつやつやと輝いていて噛むごとにお米特有の甘みが口に広がる。お味噌汁の具は豆腐とわかめだけだったが、その両方共に質が高い。この豆腐、専門店の中でも一番いいやつの味に近いな。わかめも美味い。リアルでこのお味噌汁を作るとなると、結構なお金がかかるんじゃなかろうか？気軽に飲めそうにないな。

食事にも満足し、お膳《ぜん》が下げられた後に腹をさすりながら再び外の景色を眺める。今日も六が武は活気に満《み》ち溢《あふ》れている。商売人の声が良く響き、子供達が元気よく走り回り、大勢の旅人やプレイヤーが行き交っている。

「アクア、数日はここで休もうか。そして英気を養ったら地底世界に行くよ」

「ぴゅい！」

新しいスネーク・ソードの入手を急ぐ理由もないし、せっかく龍稀様の厚意で宿代を無料にしてもらっているんだ。今は存分に甘えさせてもらってもいいだろう。宿屋の中でも明鏡止水の世界に入る訓練はできるから問題もない。っと、ここでウィスパーチャットが。ツヴァイから？　とりあえず出てみるか。

【ツヴァイ、どうした？】

【ああ、アース。カザミネ、ロナ、カナを知らないか？　ログインをしていることは分かっている

んだが、それ以外何も分からん。ウィスパーも弾かれちまうし……】

ふむ、そういえばあの三人は三《さん》が武《たけ》にある雨龍《うりゅう》師匠の祠《ほこら》で修業中だったな。あの空間、そういう外部の接触も弾くのか。そういや師匠達と修業していた時にウィスパーが飛んできたことって一回もなかった。偶然じゃなくて、あの空間内には届かないと考えた方が良いだろうな。

【ああ、その三人なら修業の真っ最中だな。ただ特殊な場所でやってるから、それでウィスパーが届かないんだと思うぞ？　何か緊急事態でも起きたのか？】

自分の言葉を聞いたツヴァイからは、安心するような吐息が聞こえた。その後に……

【そうか、そういうことならいいんだ。しばらくログインはしてるが、どこにいるんだか連絡がつかない状態が続いて心配する声が上がっていたからな。ちなみにどこにいるんだ？】

――細かい場所までは教えられないだろうな。龍の国にいることだけ伝えるか。

【龍の国だな。そこで師匠と特殊な場所で修業しているはずだ。詳しい場所は言えないぞ、師匠に怒られるだけじゃ済まないだろうから】

修業の邪魔をしたら、雨龍師匠は怒るどころか肉体言語での話し合いが始まる可能性が高い。多分九割以上で。そんな馬鹿な真似をしたくはないよ。

【なに、問題なくやってるって情報が得られれば良かったんだ。アカウントハッキングされたんじゃないかって話も上がってきてたからな。修業しているってだけなら、俺もそれを邪魔するつも

りはないさ。ありがとなアース、また後でな】

そうして、ウィスパーは切れた。さて、今日はそろそろログアウトしよう。明日から数日は六が武でのんびりタイムだ……

◆　◆　◆

ログインして、いつもの装備ではなく宿が用意してくれた甚平《じんべい》を身に着ける。甚平を着たのは本当に久々だが……うん、悪くないな。用意された食事を食べ終えた後に、街に繰り出す。今日は六が武の中をのんびりぐるっと回る予定だ。今日はアクアも自由行動、好きにしていいと告げたら小さい状態のまま外に出ていった。

街に出ると商売人が発する威勢《いせい》のいい声が耳に届く。桜は咲き誇り、あちこちから笑い声などが聞こえてくる。そんな光景を楽しみながら道を歩いていると、大きな公園らしき場所に出た。自分から見て左半分のスペースでは木刀を持ち訓練服と思しきものを纏《まと》った龍人達が、師範らしき龍人の動きを真似ながら一心不乱に木刀を振っていた。

で、右半分では子供達が鬼ごっこをしたり、だるまさんが転んだをしていたり……おお、メンコにベーゴマをやってる子達もいるんだ。メンコやベーゴマ遊びなんて自分の子供の時にはすでになくって、いろんな動画サイトとかで見ただけだったよ。でもこっちでは現役の遊びなんだな。

そんなことを思いながら、公園らしき場所の中に入ってぼーっと眺めていたのがいけなかったのか、木刀を振っていた師範らしき人が自分に近寄ってきた。

「そこのお方、我らに何か用かな？　こちらを眺めているみたいだが」

どうやら、気に障ってしまったようだ。揉《も》め事《ごと》を起こすつもりは欠片もないから、ここは素直に謝っておこう。

「これは、申し訳ありません。皆様の一糸乱れぬ訓練風景につい見入ってしまっておりました。お気に触られたと仰られるのでしたら、心から謝罪いたします」

自分の言葉を聞いて、こちらに争いを起こすつもりはないと理解してくれたようだ。目の前にやって来た師範らしき龍人から感じる威圧感が緩《ゆる》んだ。ただ、まだ警戒はしているようだ。

「そうか、ならばよい。実は先日、こちらに喧嘩を売ってきた者達がいてな。そのような者達と同じ考えなのかと少々身構えてしまった。その気がないというのであればよい……貴殿と戦うとなれば、少々の怪我では済みそうにないからな。我が身命を賭《と》す必要があるだろう」

――こっちの実力をどこまでかは分からないが見抜いているな、この人。今の自分は甚平姿で武器も手にしておらず、一般人とそう変わらない見た目のはずだが。

「いえいえ、そんなことはありませんよ。確かに世界を少しだけ見て回りましたが、そこまでの力は持っておりませぬ」

こんな風に下手に出てみたんだが……警戒を解いちゃくれない。むしろますますこっちを警戒し始めた気がする。

「そんなことはあるまい……貴殿がその気になれば、我と門下生が団結して戦いを仕掛けても薙《な》ぎ払われるだろう」

まあ、愛弓の【八岐《やまた》の月《つき》】を使えば十分可能だけどさ……もちろんやらないよ。他者と積極的に争ったり、無用な傷を負わせたりするためにつけた力じゃないんだから。と、話をしていると門下生と思われる人達までこっちに来てしまった。

「師範代、いかがされましたか？」

「そこの人族が喧嘩を売りに来たのでしょうか？」

「師範代に何か無礼を働いていないだろうな？」

うん、半数が自分に敵意を向けてきた。でも、こっちには争う気はないからね。先ほどの師範代の人に言ったことと大差ないが、「争うつもりもないし喧嘩をするつもりもない。一糸乱れぬ訓練風景に見とれただけだ」と説明しておいた。

「なんだ、そうであったか」

「先日の人族とは違うようだ、失礼した」

「争う気がない人を囲むような真似をしてしまった、申し訳ない」

――門下生の方々はそう口々に謝罪して警戒を解いてくれた。師範代だけはいまだに警戒しているのだけど……まあ、いいか。気に入られたいわけでもないし、争い事にならないのであればそれで構わない。

「――その、こんなことをしておいて申し訳ない。もし時間があるのであれば、少々聞いてほしいことがあるのだがよいだろうか？」

と、ここで門下生の一人が自分に対して声をかけてきた。なんだろ？　敵意とかは感じないから話だけは聞こう。

「向こうで子供達が遊んでいるだろう？　あの子達は我々の息子や娘達なんだが……少しでいい、相手をしてやってもらえないだろうか？　もちろん無理に、とは言わないが……」

ああ、だから子供達がここで遊んでいたのか。目につく場所にいてくれるのであれば安心だからね。それにここは公園のような広さがあるから、子供達も遠慮なく走ったり飛んだりできるといった都合のよさもあるんだろうな。

「別に構いませんよ、今日はのんびり過ごすだけの日だったので。ただ、最初の顔合わせだけはお願いします。自分が一人で向こうに行けば、知らない大人が近寄ってきたと子供達が警戒するでしょうから」

そんなわけで、子供達の相手をすることに。ま、こういうのもたまにはいい。門下生の一人が顔つなぎをしてくれたので、子供達の警戒も早めに解けた。そして手加減しながら鬼ごっこなんかでほどよい感じで遊んであげたのだが……一方で全然勝てないものがあった。

「はい、ひっくり返ったから私のかちー！」

「むー、またやられたな」

「にーちゃんはまだ投げ方が分かってねえんだよ。教えてやるからよく見とけ！」

その一つがメンコだ。自分はひっくり返せないのに、相手の子供達はパタパタひっくり返してくる。なので、子供達の中でも年長者の子からコツを教えてもらって練習する。そして十数分後、初めて相手のメンコをひっくり返すことができた。

「お、できた」

「にーちゃん、今の投げ方は良かったぜ！　それを安定してできるようになれば、にーちゃんもメンコで強くなれるよ！」

教えてくれた子に「ああ、今のでちょっと感覚が掴《つか》めたかもしれないから練習するよ」と伝え、何度もメンコの投げ方を練習する。さらに数分後、そこそこ成功させられるようになったので、改めて勝負をすることになった。

「先ににーちゃんが投げていいよー」

「いいの？　じゃ、遠慮なく……」

自分の投げたメンコは、相手のメンコを少し浮かび上がらせるにとどまった。次は相手の攻撃だが、これも自分のメンコをひっくり返すまでには至らず。そして次の自分の攻撃にて……

「ありゃりゃ、一回転して戻っちゃったぞ？　こういう場合はどうなるんだ？」

「裏返さなきゃ勝ちにならないから、だめー。勢いがつきすぎちゃったねー」

という感じで、相手のメンコが一回転して表になってしまったのだ。むー、結構難しいな。

そして次の攻撃で自分のメンコは裏返されて負けてしまった。

「でもにーちゃん、一気に上手くなったね。さっきの攻撃はびっくりしたよ」

「うん、勝負してて楽しいよ！　もういっかいやろ？」

「ああ、もちろんだ。今度は勝つぞ」

「にーちゃん頑張れよ、次は勝てるって！」

応援を受けながら、入れ代わり立ち代わりいろんな子供達とメンコ勝負に興じる。勝ったり負けたりしたが、総合的な勝率からすると、多分自分は四割五分のやや負け越しってところだろうか。

でも、それぐらいの勝率で良いのかもしれない。子供達も楽しんでくれているようだし、自分も楽しい。

「あ、またやっちまった！」

「にーちゃん力んでるねー。一回転させちゃうくせがついてるよ」

ただ、相手のメンコを一回転させてしまうことが結構多いのが悔しい。ほどよい力加減が結構難しくて、加減に失敗するとメンコが一回転してしまうのだ。かといって力を入れなすぎては今度はメンコが浮き上がらない。難易度はかなりガチなのだ。

「あーん、ひっくり返せなかったよー！」

「にーちゃん、投げ方は良いぜ。だからあとちょっとだけ力を抜いてみな。それでいけるぜ？」

年長者の子のアドバイスに従って、軽く深呼吸し力を抜いてからメンコを叩きつけ……今度は裏返すことに成功した。

「おっ、今回は自分の勝ちかな」

「あー、負けちゃったか。さっきの好機を掴めなかった私が悪いのかなー」

勝っても負けても和気あいあいという感じで、とげとげしい空気は一切ない。最初は子供達の相手をするのが結構不安だったんだが、こうして遊べばそんな気持ちはとっくに消えていた。向こうからしても、こっちが適当にじゃなくて本気で遊んでいるって分かったから、やり方を教えてくれたんだろうな。

「じゃ、にーちゃん。そろそろ俺とも一回やってみようぜ？」

「おっと、先生からの申し出とあっちゃあ断れないな。よろしくお願いします」

と、メンコを教えてくれた年長者の子とも勝負をしてみたが、まあ見事にぼろ負け。十回やって、こっちは二回しか裏返せなかったんだが、向こうは八回裏返してきた。うん、経験の差だなこれは。

「くー、強いな。参りました」

「にーちゃんは今日初めてメンコに触ったんだろ？　それでこれだけやれればかなり強いぜ。落ちこむなよー」

年長者の子の言葉に、周囲の子からも「私達も勝てないからねー」「そうそう、メンコはこいつが番長だからな」「にーちゃんはうまくなってるよー」なんて言葉が飛んでくる。

こういうの、良いな。学生時代は勉強ばっかりで、友達付き合いなんてほとんどしなかった自分だが……今頃、こういう良さを知るとはな。

ああ、勉強は大切だ。だけど、それはばっかり気にかけて、取り落としてきた大事なものがあったんだろう。それに、今気が付けただけでもいいってことにしておこう。人生は死ぬまで何かを学び続けるものなのだ……だから、いつどういうことを学んだとしても、それを理解して受け入れる心があるのならば、遅いということは何もない。

この日は結局、日が落ちる少し前までひたすら子供達とメンコで勝負することになった。だがとても楽しかったので良い日だったと断言できる。次来た時はベーゴマを教えてくれるんだそうだ。ベーゴマもリアルでは一回もやったことがないから、楽しみだな。

◆　◆　◆

翌日、ログインした自分は甚平に着替えて昨日の公園に向かう。今日も左半分では師範代と門下生が剣の稽古を、右半分では子供達が遊んでいた。公園に入ると、子供達が自分に気が付いた。

「にーちゃん、来たな！」

「あそぼー！」

「ああ、今日はベーゴマに挑戦したいんだ。教えてくれ！」

「いーよ、任せて！」

さて、今日はベーゴマだな。見たことはあるんだが、実際にコマに触るのは初めてだ。

「まず最初は紐《ひも》の巻き方からだよ。先端に二つの結び目があるでしょ？　そこを中心にこうやって巻いていくの。しっかりとベーゴマの下にくっつけるように巻かないとコマが回らないよ」

目の前でお手本を見せてくれる女の子の龍人の真似をしながら、ベーゴマに糸を巻き付けていく。おっとっと、結構難しいな。しっかりと巻き付けないとすぐに緩んでしまう。かなり苦戦しながらもなんとか巻けたので、さっそく回してみることにする。

「大事なのは、思いっきりやること。途中で勢いが止まるとコマが回らないよ。まずはお手本ね、えいっ！」

　女の子が手を軽く振って前に出したと思った瞬間、勢いよく後ろに紐を引く。コマは見事に回りながら舞台の上に降り立つ。舞台ってのは布を張った台みたいなもののことで、そこにコマを二つ以上同時に放ってどっちが先に相手のコマを止めるかを競う。それぐらいは流石に見たことがあるから知っている。

「じゃ、やってみて。ああ、皆は前に立たないでね。皆も最初のころはコマがすっぽ抜けて前に飛んだことがあったでしょ？　ぶつかって痛い思いをしないようにね」

　そんなことにもなるのか……自分の前方に誰もいなくなったことを確認してから、さっきの女の子の動きを真似てやってみる。するとどうだ、コマは回らないどころか自分に向かって飛んできてしまった。当たっても痛くはないが……

「その引き方じゃ遅いよ、もっと速く一瞬で引ききらないとコマが自分に当たっちゃう。まあ初心者がよくやる失敗の一つだから気にしちゃダメ、何回もやって覚えるものだから」

　ふむ、今の引きじゃダメってことなのか。もっと速くね……鞭《むち》とかスネーク・ソードを使っている時の感覚でやった方が良いかもしれない。もう一回ベーゴマに紐を巻いてっと……そりゃ！

「おお、回せた」

「うん、二回目で回せるってにーちゃんは筋が良いね。でも回転がちょっと弱いかなー、喧嘩ゴマをやったらすぐに止められちゃうね」

確かに、先ほどお手本で見せてもらった女の子のコマと比べると、回転が弱い。これじゃあ確かにちょっとぶつけられたらすぐに失速して止まってしまうだろうな。

「でも、まずは回せたことで良しとしておくよ。後は強く回転するように練習しないとな。流石に負けっぱなしになったらへこむから」

「そうね、もうちょっと練習した方が良いかな。大丈夫、にーちゃんはすぐできるようになるよ」

その後もちょっとしたコツを教えてもらいながら練習することしばし……

「うん、結構いい感じになってきたかな」

「そろそろ、喧嘩ゴマしてもよさそうだね。じゃあ皆、にーちゃんの相手をしてくれる人を募集するよー」

「「「やるー」」」

おおう、いっぱい来たな。一対一では終わらないため、自分と子供二人で勝負してもらうことに。

さて、最初の勝負は――

「ぶ、ぶっとばされたー!?」

「やったー!」

自分のコマが弾き出されてしまった。その後もぼろぼろで負けが込んでいく。

でも、こっちだって何回も回していれば慣れていくもの。やがて……

「あー！　飛ばされちゃった！」

「止まっちゃった……」

「今回は自分の勝ちだね」

とまあ、勝てる回数も増えた。でも、子供達にとっては自分が強くなるのは望むところといったようで。

「よーし、勝負だにーちゃん！」

「おお、負けないぞ！」

勝負に熱が入ること入ること。自分と男の子の投げ入れたベーゴマがバチッバチッと良い音を立てながらぶつかり合う。その後何回か激しくぶつかったところで、自分のコマが舞台から追い出されてしまった。回転がまーだ甘いかなー？

「負けたかー」

「ふー、あっぶねえ。あとちょっとでこっちのコマが止まっちゃうところだった。にーちゃん強くなるの早すぎ！」

「よーし、じゃあ次は俺とやろーぜ！」

挑戦者はひっきりなしだ。一戦一戦がガッチガチの勝負になってきており、コマが止まって決着

ということがほとんどない。激しくぶつかり合って、どちらかのコマが舞台から追い出されるという決着のつき方が大半だ。

「よっし、弾き出したか」

「あー、今回は僕の負けかー。悔しいなー」

すでに子供も大人もなく、純粋にベーゴマで勝負するライバルみたいな空気になっている。勝った負けたでガッツポーズや本気で悔しがるだけでなく、周囲も勝敗がつくたびに歓声が沸く。それがすごい楽しい、昨日のメンコの時よりも大はしゃぎだな。

「そろそろ、私が行くよ？」

「おっと、ついに先生のお出ましか。ではお手合わせを願います」

ついに出てきたのは自分にベーゴマを教えてくれた女の子。真っ向勝負をして、そして容赦《ようしゃ》なくたたき伏せられました。いや、本当に容赦なく一瞬で自分のコマが舞台から退場させられたんだよ。まさにどや顔とはこういうもの、といった表情を見せられてしまったが、ここまで圧倒的な差を前にすると、その顔に文句を言う気が欠片も起きない。

「おー、流石ベーゴマの王様だー」

「一瞬で決着か、でもにーちゃんは今日初めてだししょうがねえよな」

「そうそう、兄ちゃんあんまり気を落とすな。俺達だって十回やっても全部負けることがざらだもんな」

そんな慰《なぐさ》めの言葉をもらってしまった。そうか、よくやってる子供達相手でもそこまでの勝率を誇るのか、すごいな……王様と言われるのも無理からぬ強さを持っているってことは、先ほどの勝負で理解させられたし、納得だ。

「そろそろ四人でやろーぜ、にーちゃんも慣れてきたようだしな！」

「うんうん、やろうやろう！」

と子供達が言い出したので今度は四つのコマが同時に舞台に投げ込まれることになった。いやね、もう今まで以上に激しい戦いになったよ。火花が物理的に散ってるし、コマはガンガン弾き出されるし。でもそれが面白いんだよなー。

「やった、俺のが最後まで残ったぜ！」

「あー、押し出されたー」

勝者は勝ち誇り、敗者は悔しがる。無理もない、これ負けると本当に悔しくなるのよ。メンコと違って、ベーゴマは直接コマをぶつけ合うからか、よりエキサイトしてしまうのかね？

そんな風に盛り上がっていたからだろうか？　剣を振っていたはずの龍人の大人達までがこっちに来て参戦し始めたのは。

「訓練は良いのですか？」

「今は休息時間だから問題はないぞ。それより一勝負と参ろう」

参戦者が増えたことで、よりベーゴマの争いは熱を帯びる。というか門下生の皆様、剣の修練をしている時よりも熱が入っていらっしゃいませんか？　まあ口には出さないよ……不必要に波風を立てる気はない。

「ほう、やるではないか」

「親父、これに関しては俺の方が強いぜ！」

「言うではないか。では少々本気を出してもよさそうだな」

そんな感じで……師範代の方に怒られるまで、親子混合ベーゴマ対戦は続きましたとさ。

4

翌日、自分は宿屋を後にした。甚平姿ではなく普段の冒険者姿で。宿屋を出る時は女将さんをはじめとした従業員の皆様に勢ぞろいで見送られた。恥ずかしいのだが、ぜひやらせてほしいと言われれば否とは言えず……

次に行くのはドワーフのクラネス師匠のところだ。そこで、これから使っていくスネーク・ソードを仕入れるつもりだ。アクアも合流し、今は頭上でのんびりしている。

この六が武を離れる前に最後の挨拶をするべく……自分は例の公園へと足を運んだ。そこでは先日と同じように門下生達が剣の稽古で汗を流し、子供達は各々の遊びで声を上げていた。自分が入ってきたことで警戒するような動きがあったが、兜を外して顔を見せれば、その警戒も解けた。

「にーちゃんじゃん！　どうしたのその恰好《かっこう》？」

メンコを教えてくれた男の子が駆け寄りながら声をかけてきた。その子だけではなく周囲の子供達にも聞こえるような音量で、自分はここを旅立つことを告げる。

「そろそろ、この街を発《た》とうと思ってね。ここにいたのは戦い続けて疲れていた体を休めるためだったんだよ。体も十分休まったから、旅立つ前に最後の挨拶をしに来たんだ」

そう告げると、えーっという声の大合唱だ。逆にそういう言葉が上がるぐらいには、子供達が自分を認めてくれたってことなんだろう。

でも、だからといって出ていかないというわけにはいかない。また何か大きな出来事にぶち当たった時に、武器が貧弱なのは心配だからな。

「そっか、でもまた来るんだろ？」

「いつになるかは分からんけど、ね」

この街にまた来るかどうかは分からない。でも、この街にまた来た時は必ずここに足を運ぶことだけは約束した。それぐらいは良いだろうと思ったから。

「旅立たれるのですな」

「ええ、大変お騒がせいたしました」

師範代の方にも挨拶を。修練の横でメンコだベーゴマだとはしゃいじゃったからな、詫《わ》びておかないと流石に人としてあれだ。

「旅立たれる前に、一つ手合わせをしていただくわけにはまいりませんかな？」

「手合わせ、ですか？」

自分の装備を眺めた師範代の方からそんな申し出を受けた。うーん、しかしなぁ……おそらく腰の剣を見てそう言ってきたんだろうけど。

「実はこの剣、スネーク・ソードなんです。ですからちょっと手合わせは難しいかと。普通の片手剣などは私は扱えませんし……どのような剣か、なじみがない方がいらっしゃるかもしれませんので――一応皆様の前で軽く剣を振っても構いませんか？」

そう告げると、見せてほしいと言われたので十分に距離を取ってもらってから剣を抜く。要らぬ怪我をさせるわけにはいかないからね。

アクアに頭上から降りてもらってから剣を抜き、最初は片手剣のように振るい、途中からスネークモードに切り替えて剣を振るう。

スネーク・ソードの特徴が分かるように、終盤ではソードモードとスネークモードを切り替えながら演武っぽく剣を振った。そして剣を収めてから――

「と、このような武器です。一般的な片手剣と全く違うことはお分かりいただけたと思います。ですので、手合わせをするにはちょっと……」

獲物が違いすぎるし、木刀のような代用品も用意できない。だからお断りしたいという気持ちを込めたんだが……拍手が巻き起こるわ、むしろ一回手合わせしたいという声が増えるわ……想定外の展開になってしまった。

仕方がない……今使っている安物のスネーク・ソードの刃を潰して危険性を下げる。Ａｔｋの値が3まで落ち込んだので、これならば変なところに当てさえしなければ大丈夫だろう。

「ですが、こちらもあまり時間がありません。手合わせは三人までとさせてください。師範代の方を最後にしたいので、先に門下生の方二名を決めてください」

そう告げると、数分ほど門下生の間で「俺が行く」「いや俺がやりたい」と揉めていたが……殴《なぐ》り合いになることなく代表が決まったようだ。

まずは一人目……距離を取って互いに礼をした後に獲物を構える。こっちは先ほどの刃を潰したスネーク・ソード。

相手は大太刀の木刀を上段に構えている。周囲では門下生と子供達、そしてなぜかやって来た野次馬数名が観客となっている。

「では、一本勝負とする。始め！」

始め、という言葉とほぼ同時に対戦相手の門下生が距離を詰めてくる。スネーク・ソード相手に距離を取れば射程外から攻撃されるだけだから当然の行動だな。故に、至極読み易いというもの。振り下ろされる木刀をスネーク・ソードで受け流して軌道《きどう》を逸《そ》らし、カウンターで相手の首元に刃を突き付けて止める。

「そこまで！　一本！」

実戦だったら首が飛んでいたはずだからな、当然の一本勝ちだろう。

うん、門下生の人はパワーとスピードはそこそこある。でも、今までの冒険の中で戦った相手の中にこれ以上のパワーとスピードを持った相手はいっぱいいたからね、申し訳ないが負ける要素はない。

「鮮やかなお手並み、手合わせしていただきありがとうございました」

「お互い、これからも精進しましょう」

左手で握手をして、手合わせをした門下生の人は下がっていった。

さて、次だ。

再び距離を取った状態で互いに礼。先ほどと同じように獲物を双方共に構える。ふむ、今度の人の構えは中段か。先ほどの門下生が上段からの振り下ろしをいなされてあっという間に負けたから、上段はマズいと踏んだかな？

「では、これも一本勝負とする。始め！」

この人も一気に距離を詰めてくる。そして中段の構えから薙ぐように木刀を一閃《いっせん》。が、自分はすくい上げるように受け流して木刀の軌跡《きせき》を歪める。この自分の行動は織り込み済みだったのか、こちらが反撃する前にやや後ろに下がる門下生。ふむ、やっぱり全力で振っていたわけではないか。全力で振っていたら、自分のいなし行為によって体勢を崩し、多大な隙を晒したはずだ。

次は自分が攻めるか。

ソードモードのまま一歩前に踏み込んで、左上から右下へと袈裟《けさ》切りによる攻撃を仕掛ける。この攻撃は相手の木刀に受け止められる。そのまま鍔迫《つばぜ》り合《あ》いに持っていきたかったようだが、スネーク・ソードの仕組み上、それはやりたくないんだよね。仕込み武器はどうしても頑丈さという点では脆《もろ》いからだ。

だから自分はわざと力を抜いた。

鍔迫り合いになると考えていた門下生は、前方に体勢を崩す形になった。そのような大きな隙《すき》を自分が逃すわけもなく、後頭部に剣を振り下ろして寸止めする。これでいいだろう。

「そこまで！　一本！」

よかった、ちゃんと認められた。やっぱり実践において死亡する一撃が入ると見なされれば一本扱いなんだな。一本を取られた門下生の人は悔しそうにしていたが、すぐに気持ちを切り替えて左手で握手を求めてきた。

「悔しいですが、完敗です。ありがとうございました」

「こちらこそ、手合わせありがとうございました」

握手をし終えた後、門下生は下がっていく。さて、いよいよ最後の師範代の方との試合だな。

「素晴らしき腕をお持ちだろうとは思っておりました。ですが、こちらの読み以上のものをお持ちだった。しかも、まだ貴殿は本気を出されていない。楽しみです」

「ご期待にそえれば良いですが」

お互い、距離を取ってから礼。武器を構えて、開始の声が聞こえると同時に今回は相手だけでなく自分も前に出た。師範代の顔には驚愕の表情が張りつく。

「なんと!?」

「三度も同じ始まり方ではつまらぬでしょう！」

そのまま数回、お互いに切り込んでは対応するという刃のやり取りが行われる。流石は師範代、先の二人と比べて隙がない。数回フェイントを仕掛けても乗ってこない。もちろん向こうもフェイントを仕掛けてくるが、引っかかってあげない。一回だけ引っかかった振りをしてカウンターを試みたが、防がれた。

「見事なお手並み！」

引っかかったと思ったところに反撃が飛んできたからなのか、師範代からそんな言葉が飛び出した。そこからさらに数合撃ち合って自分は距離を取る。

そろそろスネークモードの実戦も見せておかなきゃな。

切っ先が蛇《へび》のごとくいろんな角度から師範代へと襲いかかる。

「何と面妖《めんよう》な!?」

それでも対処できているんだから、師範代の名は伊達《だて》じゃないね。

なのでもうちょっと意地悪く攻めるようにする。地面すれすれとか、頭上から急降下とかの動きを交える。

それでも師範代は何とかしのぐ。ふむ、並のプレイヤーよりはるかに強い。門下生は並のプレイヤーよりやや弱いってところかな。

「師範代、すごいな」

「我々ではとっくにやられてしまっているだろう」

「だが、あの使い手もすごいぞ。あのような動きを習得するのにどれだけ修練を積んだのやら」

「にーちゃん、そこだー！」

周囲からもやんややんやと声が飛ぶ。

しかし、師範代の表情からは余裕が消えている。最終的には自分が揺《ゆ》さぶるだけ揺さぶって、師範代の息が上がったところに攻撃を寸止めして一本勝ちとなった。決着がつくと、見ていた人達全員から拍手が巻き起こった。

「参り申した。世の中の広さの一端を見せていただきました」

「お役に立てたのであれば良いのですが」

師範代とも左手で握手をしてから、お別れを告げた。

アクアも再び自分の頭に乗っている。

こうして自分は六が武を後にした。

さて、地底世界でスネーク・ソードを探すぞ。

やっと世界が）雑談掲示板 No.10014（落ち着いたっポイ？

255：名無しの冒険者 ID：Hf5e47He5

いろんな街を回って、知り合いとも話をして……
やっと落ち着いたって感じがしたね。大勢の死人が出ちゃったから、
葬儀が忙しかったって人も多かったみたいだが

256：名無しの冒険者 ID：rsewfra3e

あー、今回の有翼人にはほんとしてやられたよな
新しいフィールド追加と思わせておいて、
こっちを尖兵にしようとしてくるとはな

257：名無しの冒険者 ID：WRFweqf6e

まあ、その最悪のシナリオにならなくて済んだのは本当に良かったよ
その点はグラッドやツヴァイの働きに改めて感謝しなきゃね

258：名無しの冒険者 ID：g6d5dWecw

あいつ等と、こっちの世界の精鋭が有翼人のボスに負けてたら、
全員洗脳食らってモンスターを倒す感覚で街の人達殺してたって
知ってぞっとしたのは私だけじゃないよね？

259：名無しの冒険者 ID：te8r5fWEd

俺もそれ知ってマジで冷や汗が流れたよ
リアルの方の体が汗びっしょりだった……
汗かいてるのに冷たいんだぜ？　マジでぞっとした

260：名無しの冒険者 ID：AEFDqew5a

何にせよそうならなくてよかったよ……
掲示板のタイトル通り、もうかなり街は落ち着いたね

261：名無しの冒険者 ID：h5Jr2dgE7
まあ、地上の街そのものにはダメージなかったからな……
地震だとか戦争とかで破壊されたわけではないし

262：名無しの冒険者 ID：oitghd5fe
冷酷に言ってしまえば、ほんの僅かな人間の死で済んだからね……
今回の一件は。妖精国の戦争のように大勢の人が死んだ
とかいうわけではないから

263：名無しの冒険者 ID：Hseaf5wed
物的損失はな……確かに。だから復帰は早いんだけど

264：名無しの冒険者 ID：Geeg5weWd
もうこの手の悪党は出ないでほしいわ
人的損失や物的損失は少なかったけど……精神的にはきつすぎるよ

265：名無しの冒険者 ID：6c233e58S
正直、今回のは運営の性格が悪すぎた。開発かもしれん
どのみち、こんな展開はもう嫌だね……もし負けていたらこうなって
いたって明確に分かっちゃうおまけまで付けてくるところが嫌らしいわ

266：名無しの冒険者 ID：ergeaf5wx
せっかく仲良くなった住人を、己の手で殺させるってところがもうね、
悪趣味すぎ。開発の連中は性格がひん曲がった邪悪な顔をしているって

267：名無しの冒険者 ID：EFWef7rWf
あ、それは同意するわ。洗脳ってやり口も、
その後にやらせようとしていたことも邪悪すぎる
しかもオフラインの個人でやるゲームだったら取り返しがつくけどさ
こっちは取り返しがつかんのよ？　それでやろうってんだから相当だよ

268：名無しの冒険者 ID：tt65dfweW
絶対トラウマになるやつ出てたよ、
そうなっちゃってたら

269：名無しの冒険者 ID：EFfew5Ef2
トラウマになる前に感じ取れないってことに
なってただろうけどな……
あの黒いマリモの姿に街の人を誤認させてきたわけだろ？
そうするとこっちは街を開放するためにそれを倒すって
考えに染まってただろうし

270：名無しの冒険者 ID：ge5fwedWs
だがその実態は、街の人をただただ無慈悲に殺しまわる
プレイヤー達の図。助けを求める声ややめてと言う声があっても
お構いなし。何せ言葉も通じなくされてたもんな……

271：名無しの冒険者 ID：36fddfWEr
想像するだけで、お腹からすっぱいものがこみ上げてきそうなんですが

272：名無しの冒険者 ID：EWFqe5f3e
それ以上書くのはやめてくれ
すげえきついから……
本当にきついから、やめてね？

273：名無しの冒険者 ID：f5d3werrw
マジでそういう未来を迎える可能性も十分あったんだよなぁ……
本当にとんでもない連中だった
そして、そんな奴らにいいように使われてしまった
自分自身にも腹が立つぜ

274：名無しの冒険者 ID：EFeqf5efu
気持ちは分かるけどさ、あんまり考えない方が良いよ？
抵抗できた僅かなプレイヤーはたまたま対策を知ることが
できただけみたいだし

275：名無しの冒険者 ID：ETRerwa6e
運営的にも、大勢のプレイヤーが洗脳されるようにしてたんだろう……
そうじゃなかったらもっと対策方法を知れる機会を増やしてただろうし

276：名無しの冒険者 ID：ed8wDerfS
ヒントがなさすぎたよね
プレイヤーの全員が気が付けなかったら
どうするつもりだったんだろう？

277：名無しの冒険者 ID：f5fIr52ew
それならそれで構わない、って言うんじゃなかろうか？
運営も開発もそういう一言で全て片付けそう

278：名無しの冒険者 ID：wdwd532er
すげえ納得したわ。確かにそう言って片付けそう
簡単に想像できたわ

279：名無しの冒険者 ID：Yffc23wRd
人でなしここに極まる

280：名無しの冒険者 ID：fwd327dC7
今までも運営や開発に対して鬼畜だ何だって言ってきたけどさ、
この一件が一番鬼畜
何考えて作ってるんだろうね……

281：名無しの冒険者 ID：FDWwd5ddw
考えてるでしょ、
いかに鬼畜な展開を迎えるようになるかって

282：名無しの冒険者 ID：Dq5dQw52e
そんな考えは今すぐ投げ捨ててしまえ、運営と開発は！
そっち方面は、街中で起きる犯罪だけで
俺はおなかいっぱいなんだ！

283：名無しの冒険者 ID：HRrhag5sx
あー、自警団プレイヤーは凄惨な現場を見る事があるんだっけか

284：名無しの冒険者 ID：RGr5rdfw9
もちろん表現自体は最大限マイルドになってるけどね、
そこで何が行われていたかは
想像できるようにしてんだよここの運営は

285：名無しの冒険者 ID：UYTert5fw
うげ、心の弱い人は自警団プレイは難しいのか

286：名無しの冒険者 ID：Ter32dErdw
ある程度のタフさは求められるね。
入ってきたは良いが、そういう現場に不運にも出会っちまって
抜けるプレイヤーもいるから

287：名無しの冒険者 ID：ugr3wd3eS
そういうの見てるプレイヤーからすれば、
確かにそれだけで鬼畜の所業ってやつは
おなかいっぱいになるよなあ

288：名無しの冒険者 ID：TYTREfg3f
その分街の人からは頼られるし、評価もされるけどね
お店の割引とかサービスとかもしてもらえるから、
リターンはなかなかにデカい

289：名無しの冒険者 ID：TJRGVR5re
特に働きのいいやつは、街のお偉いさんとのパイプができるんだろ？
そうなると犯罪じゃない範囲で
色々融通利かせてもらえるって話だな

290：名無しの冒険者 ID：GRwaf6w1d
あっちからしても、街の治安を護ってくれる人材は
とても貴重だからね。ある程度融通を利かせて、
これからも護ってくれるようにしておきたいんだろう

291：名無しの冒険者 ID：HRgrewa3e
ましてや、今回のようなことが起きた時には
大事な戦力にもなる
手放す理由はないだろうってのは言うまでもねえし

292：名無しの冒険者 ID：oVVRedWx3
今後は新しいフィールドが来ても、
ある程度は疑ってかかることが大事かねえ……

293：名無しの冒険者 ID：8cYfeceke
そうだな、今回の一件は教訓だと思うべきだろ
今後は新しいフィールド実装となったら、
その前にできるだけいろんな場所を巡って
情報を集めた方が良い

294：名無しの冒険者 ID：Ccsahwery
同意する、新しいフィールドが罠って仕込みは
今回だけじゃないと思うんだよな
警戒してかかるべきだ

295：名無しの冒険者 ID：Dqew7w5edw
ただひたすらモンスターを狩るだけのプレイヤーは
良いカモにされるって時代になっちまうのか

296：名無しの冒険者 ID：Gfe5d3zdDx
戦いの合間に少しで良いから、
情報のやり取りや街の人達の話をしっかりと聞くように
しなきゃならねえだろうな
食い物にされたくなければ、な

297：名無しの冒険者 ID：WAWEdfq7s
めんどくせー……なんでそんな風にしちまうんだよ運営
ただただ戦っているだけでもいいじゃねえか

298：名無しの冒険者 ID：EGFef9xcN
気持ちは分からんでもないし、
別にそれでもいいと思うぞ？
ただし今回のような手を使ってくる連中が相手の場合、
真っ先にカモにされちまうけどな

299：名無しの冒険者 ID：ivddf3wew
カモにされたくなきゃ、それ相応の行動をしろって話だからね
面倒なら当然やらなくてもいい、
その後の結果を受け入れることができるのならば

300：名無しの冒険者 ID：YRHrg5edq

納得いく結果を掴みたいなら、相応の行動を積極的に取れってことだ
グラッドやツヴァイ達はそれをしたから、教えてくれる人物が
近寄ってきて抵抗できたという結果を掴めたんだからな

5

龍の国を後にして無事に地底世界へ。地底世界に入った後はこれといった戦闘も起こらずに適当な街に到着。その街で家を借りていったんログアウト。その翌日、クラネス師匠のやっているお店を訪れて、今までの行動と有翼人との戦いの結果を報告した。

「話はすでにいろんな人から聞いているよ、有翼人達を打倒したってね。そのあたりから、街に襲いかかる『命を収穫する者』の襲撃が極端に減ったという話も来てる。あいつらがどうやって生まれたのかはドワーフの間でも長年の謎だったけど……その原因が分かったたって感じだね」

あいつらも有翼人関係だったわけだが、その指示を出していた連中が皆死に絶えたからな、今後は数を減らす一方になって、最終的には絶滅していくんだろう。本来あいつらはここにいるべき存在じゃないし、消えるのが正常ってもんだ。

「それなら、今後ドワーフの人々は鍛冶などの仕事に専念できるようになりそうですね」

自分の発言を聞いたクラネス師匠は、それだけじゃなくなりそうと言う。何か他の問題が生まれたんだろうか。

「ほら、私達ってものを作るだけじゃなく戦いもできるでしょ。だから、『命を収穫する者』が少なくなって守備に必要な人員が減ったから、君みたいな冒険者になろうって動きが一部であるのよ。もちろん今開いているゲートが閉じたら帰れなくなるわけなんだけど、それでもいいから今の地上を見てみたいという人も一定数いてね。彼らがあと少ししたら地上に行くことになると思うよ」

ドワーフの腕っぷしなら、そりゃ強いよな。魔法じゃなきゃ倒せないって相手が出ても、自力で作った魔剣で何とかしてしまいそうだ。そんな頼れるドワーフなら、仲間にしたいプレイヤーもそれなりに出てくるだろうな。

「そうですか、地上が賑やかになりそうです。さてクラネス師匠。ここにやって来た理由の一つは終わりましたが……先ほど話をさせていただいた通り、自分は魔剣である【真同化】を失いました……なので、新しいスネーク・ソードを作っていただけないか相談に来たのです」

そろそろ、こっちの用も済ませないと。今腰に差しているのは龍の国で刃を潰しちゃったからな……実戦で使う武器を手にしておきたい。

「うん、じゃあ次も魔剣が良いんでしょ？　そうなるとちょっと大変かもね～」

っと、そんなことをクラネス師匠が言い出したので、慌てて首を横に振る。

「待ってください、自分はもう魔剣を握るつもりはありません。自分にとっての魔剣は、【真同化】一本だけです。他の魔剣を手にしても、絶対【真同化】と比べるような真似をしてしまう。そんな魔剣に失礼なことをしたくはないんです。だから、魔剣じゃないが性能が良いスネーク・ソードが欲しくてここまでやって来たんです！」

魔剣を意識すると、絶対どうしたって【真同化】が脳裏をよぎってしまう。そして、戦いの節々で『【真同化】だったらどうにかなったのに』なんて呪詛《じゅそ》を新たな剣に投げかけてしまうに決まっている。そんなことはしたくない……

「――なるほどね。そういう考えもあるかぁ……じゃあ、私が作るってことでいいのね？　お代は？」

クラネス師匠は少し考えた後、そのように返答してきたのですかさず自分は手持ちの財産のほとんどを出す。

「最低限の生活費を除いた所持金がここにあります。これでお願いできませんか？」

【八岐の月】を作ってもらった時と同じく今回も、五〇〇〇グローだけ懐《ふところ》に残してほぼ全財産を入れた革袋をクラネス師匠の前に置いた。

クラネス師匠はその革袋の中身を確認し、少しだけ抜き取った後に返してくる。

「厳しい戦いに行って帰ってきた大事な弟子から、全財産を巻き上げたくはないからね。だから今回はこれだけでいいよ。それに、君には良い武器を持たせておいた方が良さそうだって、なんとなくだけどドワーフの血から来る勘《かん》みたいなものが教えてくれた。おそらく、あと一回ね。君は大きな何かにあと一回は立ち向かうことになりそうよ？」

――武器を作ってきたドワーフの血から来る勘、か。それは馬鹿にできないな……あと一回、何かがやって来ると言うなら、確かに良い武器は持っておきたい。弓はもう【八岐の月】以上のものはないだろうから……他の部分だな。

「あと、盾も足につけているものも全部出して。今の私にできる全力を込めて鍛え直してあげるよ。愛弟子《まなでし》が精いっぱい悔いのないように戦えるようにしてあげるのが、師匠の役目ってものよね」

ということで、【八岐の月】と、鎧、それに外套《がいとう》を除いた装備品は全部クラネス師匠が持っていってしまった。でも、魔剣を失った今、他の装備品のレベルを上げることで戦力を上げるというのは正しい。それにクラネス師匠がここまでやってくれると言ったんだ。頭を下げてやってもらった方が良い。

「分かりました、師匠。お手数をかけて申し訳ありませんが、よろしくお願いします」

自分の言葉に、クラネス師匠は満足そうな笑みを浮かべた。

その後「さっそく取りかかるから、この石が青くなるまでは宿屋に泊まってて」と追い出されてしまった。まあ、彼女の目に炎が浮かび上がるという古き良き少年漫画風な演出もあったことだし、邪魔をしないのが一番だろう。

「じゃあアクア、今日の宿を探しに行こうか」

「ぴゅい」

街を歩き、途中でちょっとした食べ物をアクアと一緒に堪能する。その後、宿屋を見つけて泊まれるかどうかを聞いてみると、部屋には十分空きがあるよとのこと。まあ、今この地底世界にいるのは鍛冶屋プレイヤーとかその鍛冶屋プレイヤーの護衛をしている人達ぐらいで、そこまで大勢の人がいるわけじゃないからな。

さっそく一部屋借りて中に入ってみる。うん、十分な広さがある上に清潔だから部屋の中にいても快適に過ごせるだろう。いい宿屋を引けたらしい。今後はしばらくここに滞在して、クラネス師匠が装備を鍛え上げるのを待つだけだな。ただぼーっとしているのももったいないから、街中を歩いて色々と見て回るけど。

(ドワーフの街を見て回るのも久々だ。有翼人達ももういないし、今度は前と違ってゆっくりと散策できそうだ)

それは、明日からでいいだろう。今日はこの宿屋でのんびりし、気が済んだらログアウトの流れでいい。【八岐の月】はあるから狩りはできるが……する理由がない。それに今は狩りよりも、明鏡止水の世界で精神の訓練をした方がよほどいいだろう……と考えて気が付いた。

(そうだ、今日はログアウトまで明鏡止水の世界に入っていればいいじゃないか)

のんびりするつもりだったが時間はあるし、明鏡止水の世界で訓練をしよう。それが良い。

「アクアはどうする？」

「ぴゅい」

アクアはベッドの方に飛んでいき、中に潜り込んだ。寝るってことね、それもいいだろう。今日はもう出かけないのだから。

（それじゃ、自分も訓練を始めますかね。息を吸って、吐いて……集中して……）

もうこの世界に入るのも慣れたものだ。今日は今までよりも深い場所に潜って精神修養をすることとしよう。クラネス師匠が言っていたもう一回がいつ来ても良いように、今の内から備えておく方が良い。様々な経験をしている人の言う「勘」というやつは馬鹿にできないもの。

なぜなら、それは当てずっぽうやいい加減な話ではなく、その人が今まで生きてきた中で得た数《あま》多《た》の経験から今後の展開を予想して、様々な兆候をいち早くキャッチしている可能性が高いから。

もちろんその人の経験によるところが多いので外れることもある。しかし、思い返すとクラネス師匠は確信に近い表情を浮かべながら言っていたような気がする。

（どのような形でそれがやって来るか分からないが、来た時に慌てないようにしなければな）

そのためにも訓練だ。話し合いで打破できる内容ならばそれで良いが、力がなければどうしようもないということも多々あるのが現実。だから人は備えるのだ、その時に力が足りないということをできるだけ避けるために。

この日はログアウトまで、明鏡止水の世界で自分自身をみっちりと鍛え続けた。

6

それから数日間は平和なものだった。自分は明鏡止水の世界で特訓を続け、アクアは街を歩き回って散歩を楽しんでいた。時々一緒に街に出て、ドワーフの皆さんがやっている製鉄作業のお手伝いをしたり、その後酒盛りに付き合ったりしたが、武力が必要なことは起こらず、穏やかだった。

様子がおかしくなったのはさらに数日後。ログイン後に確認したら、クラネス師匠から預かっていた青くなる石が黄色に染まっていることに気が付いた。

何か問題が起きたのかもしれないと考えて、アクアを伴って師匠のお店に急行。もしかしたら、武具の強化の最中に問題が起きたのだろうか？

「師匠、入りますよ！」

鍵がかかっていたら、事情を話して街の治安を護っている警備のドワーフさんに開けてもらおうと考えていたが、開いていたので声を上げながら中に入る。

血があちこちに飛び散っているスプラッタな光景を覚悟していたのだが……中に入った自分達を迎えたのはいつも通りのクラネス師匠だった。

「あ、来た来た。ごめんね、呼び出しちゃってさ」

どうやら、大怪我をしたとかではないようでほっとした。ならば、呼び出された理由を落ち着いて聞くことにしよう。

「来てもらったのはもちろんわけがあってさ。ハイ、これ持って」

「師匠……スネーク・ソードが二本あっても、自分には使いこなせませんよ？　二刀流なんてやったことないですし」

クラネス師匠に渡されたのは、スネーク・ソードが二本。剣の素材は普通の鉄っぽいな……地底世界で時々取れる鉄鉱石・極で作ったものかもしれないけど。しかし、なぜこんなスネーク・ソードを二本も渡してきたんだろうか？　新しいものが作られるまでのつなぎにしても、一本あれば十分なんだが。

「すぐわかるよ。その二本の剣を持ってついてきてね。今作っている新しいスネーク・ソードを使いこなすためには訓練が必要だから」

自分の中で、まるで入道雲のように不安がもくもくと大きくなる。しかし、ついていかないわけにもいくまい。二本の剣を持ってクラネス師匠の後を追うと、以前使った訓練場に到着した。

「まずは、普段の姿でいってみようかな。どちらか一本、鞘から抜いて振ってみて」

アクアには頭から降りてもらい、スネーク・ソードを鞘から抜く。ソードモードである程度振って感覚を掴んだ後にスネークモードに切り替え、こちらもチェックする。

うん、動きに問題はないな。ただちょっと短いか？　蛇腹《じゃばら》状になる箇所が普通のスネーク・ソードよりもやや少ないので、射程が短くなっている。

「うん、問題なさそうだね。じゃあ本命いってみよう。剣の柄頭《つかがしら》って分かるかな、君が今剣を握っている部分の一番下、そうそこ。そこにさ、もう一本のスネーク・ソードの柄頭を合わせてもらえないかな？」

良く分からないけど、とにかくクラネス師匠の言う通りにしてみる……と、ガチリと音を立ててくっついた。強く引っ張ってみたが、剣の柄頭同士が離れない。む、この形……某宇宙戦争に出てくる中央を持って前後についている刀身を振り回す武器と同じ形じゃないか？

「じゃ、もう片方の剣の鞘も取ってね。そう、それでいいよ。今の姿が本命ね。普段は普通のスネーク・ソードで、複数相手に立ち回りたい時なんかは今の姿で振り回すの。さらにスネーク・ソードの特性が乗るから、君を中心とした台風のように刃が広範囲で相手に襲いかかることになるの。どう？　これなら厄介《やっかい》な相手でもたじたじでしょ」

師匠……そうかもしれませんがね。かなり扱いに慣れないと、その伸ばした刃で自傷することになりませんか？　普通のスネーク・ソードの扱いよりもはるかに難しいんですが！

つまり、今日ここに呼ばれた理由って……

「ま、予想がついているだろうけど、扱いは難しいわね。ドワーフでも使い手は私だけだし……でも、だからこそ覚えてもらうわよ。君は私の弟子、だったら技術の伝承は行わなきゃね」

あ、すごいいい笑顔。これは逃げられませんな……


こうして平和な時は終わり、厳しい訓練の時がやって来た。この武器を扱う戦闘方法は、双龍《そうりゅう》刃《じん》と言うらしい。なんでドワーフなのに漢字？　龍はどっからついてきた？　などとツッコミをしていたらきりがないので、そっちは全部スルーすることにする。

で、刃部分をスネーク・ソードにすれば、自分にも扱える可能性があるということでこれを作ったんだそうだ。どうしても使いこなせなかったら一般的なスネーク・ソードを持たせるとも。

クラネス師匠の指示のもと振り回してみたら何とか使えそうだ。システム的にはぎりぎりスネーク・ソードの範疇《はんちゅう》だから目をつぶろうってことになってそう。

ただし、片手ではなく両手で扱う部分がある武器になったことで、覚えなきゃいけない動きが山ほどある。

その動きの基礎を覚えるのにリアルで四日、そこからさらに刃をスネークモードにして覚えること五日。ゲームのアシストがなかったら絶対に投げていたと思う……。でも、練習に励んだ甲斐はあった。

「じゃあ、試し切りといきましょう。まずは周囲に立てた的《まと》を全部切り払って」

「了解です」

剣を繋げた状態……今後はダブルソード状態とでも呼ぶか……で、周囲に立てられた人型の的を見据え、振り回した。前後の刃で素早く周囲を薙ぎ払えば、全ての的を一閃。的が音を立てて切られた部分から上が崩れ落ちた。よし、やっとまともにこいつを使えるようになってきたみたいだ。

「うん、合格。回転させても振り回しても切れる二つの刃が前後にあるという特性を、体に染みこませて扱えるようになったみたいね。まずは基礎が身に付いたってことでよさそうね。じゃあ、今日からは応用に移りましょう。その剣の本領はスネーク状態にした時。その状態でも扱えなきゃ意味がないもの」

やべ、師匠の笑顔の裏に鬼が見えた。でも、逃げることなんてできるわけもない……今の自分の目からは、輝きがほとんどなくなっていそうだ。だからと言って、クラネス師匠の修業に手心が加えられることはなく……

「じゃ、さっそく始めましょうか。鉄は熱いうちに打てってのは人間の言葉よね。その言葉に倣《なら》って訓練を続けるわよ」

そんな言葉を覚えなくていいのに……いいのに……

二つの刃をスネークソードにすると、予想していたよりもはるかに扱いが難しくなった。そもそも刃が増えただけでも大変なのに、そこにこのダブルソード状態で振り回す動作が加わるのだ。

経験値が少ないんだから動きが鈍《にぶ》くなったり自爆したりするのは無理のないことなのに、クラネス師匠は容赦がない。

「遅い！　そんな攻撃じゃホーンラビットだって避けるわよ！　もっと速く、かつ丁寧に動きなさい！」


ビシビシしごかれる毎日を送っていたが、ある日、手持ちスキルの一つである〈蛇剣武術身体能力強化〉のレベルが50に到達した。そして進化候補の中に〈双龍蛇剣武術身体能力強化《そうりゅうじゃけんぶじゅつしんたいのうりょくきょうか》〉というものがあったので必要ＥｘＰが８と重かったが即座に取った。そうしたら……劇的に動きが楽になった。進化させた時に取れたパッシブスキルである〈双龍蛇剣《そうりゅうじゃけん》の心得《こころえ》〉のおかげなんだろう。

というか、このパッシブがないとスネークモード状態で扱える気がしないよ。それぐらい取る前と取った後で世界が変わったからな……今はもう自爆もなくなり、自分のイメージとほぼ同じように動かせる。

「うん、これぐらい動けるなら予定通りに作って良さそうね。これから毎日訓練してね――さぼったら……うふふ、わかるよね？」

「い、いえっさー！」

こういう時は師匠とか関係なく下手に逆らっちゃあいけない。逆らったらやべーどころじゃ済まないって警鐘が頭と心の両方でガンガン鳴っている。だから、大人しくまじめに訓練をするのが一番なのだ……それからさらに数日後、ついに装備が完成したことを告げる意思が蒼く染まったことで、クラネス師匠の元に出向くことになった。

STATUS

【スキル一覧】
〈風迅狩弓《ふうじんかりゆみ》〉Lv50（The Limit!）〈砕蹴《さいしゅう》（エルフ流・限定師範代候補）〉Lv46
〈精密な指〉Lv61（↑4UP）〈小盾〉Lv44〈双龍蛇剣武術身体能力強化〉Lv2（NEW！）
〈魔剣の残滓《ざんし》・明鏡止水の境地〉Lv10〈百里眼《ひゃくりがん》〉Lv46〈隠蔽・改〉Lv7〈義賊頭〉Lv88
〈妖精招来《ようせいしょうらい》〉Lv22（強制習得・昇格・控えスキルへの移動不可能）
追加能力スキル
〈黄龍変身《こうりゅうへんしん》・覚醒〉Lv??（使用不可）〈偶像《ぐうぞう》の魔王《まおう》〉Lv9

控えスキル
〈木工の経験者〉Lv14 〈釣り〉(LOST!) 〈人魚泳法〉Lv10
〈ドワーフ流鍛冶屋・史伝〉Lv99 (The Limit!) 〈薬剤の経験者〉Lv43
〈医食同源料理人〉Lv25
ExP48
称号：妖精女王の意見者　一人で強者を討伐した者　ドラゴンと龍に関わった者
　妖精に祝福を受けた者　ドラゴンを調理した者　雲獣《うんじゅう》セラピスト
　災いを砕きに行く者　託された者　龍の盟友　ドラゴンスレイヤー（胃袋限定）
　義賊　人魚を釣った人　妖精国の隠れアイドル　悲しみの激情を知る者
　メイドのご主人様（仮）　呪具の恋人　魔王の代理人　人族半分辞めました
　闇の盟友　魔王領の知られざる救世主　無謀者　魔王の真実を知る魔王外の存在
　天を穿《うが》つ者　魔王領名誉貴族
プレイヤーからの二つ名：妖精王候補（妬）　戦場の料理人
　獣の介錯を苦しませずに務めた者
強化を行ったアーツ：《ソニックハウンドアローLv5》
状態異常：［最大HP低下］［最大MP大幅低下］［黄龍封印］

7

「いやー、お待たせ。やっとスネーク・ソードの製作と預かっていた装備の強化が終わったよ。スネーク・ソードの方は最後のお楽しみにしておくとして、まずは強化した装備達を君の目で確認してみて」

とのことなので、まずはスネーク・ソード以外の装備を確認。なるほど、攻撃力《Atk》を持つものは攻撃力が＋20。防御力《Def》を持つものは＋30ずつ増加している。だが、それだけにとどまらず……装備が全体的に軽量化されていた。持つと分かる、二割ぐらい軽くなっている……

「あと、スネーク・ソードの特性を持った二つの盾の中にある仕掛けは、刃の射程が伸びてるからね。今まで以上に遠くの相手に攻撃を仕掛けられるようになったよ。弓で狙うには近いけど近接武器では届かないという距離の相手に対してより運用しやすくなったはず」

両盾に仕込まれているスネーク・ソードを元にした機能の射程が、伸ばされているようである。

この後訓練場で試す必要があるな……

「アンカーに仕込んであった近距離射撃能力も伸ばしてみたよ。威力の向上はそこそこ止まりだけど、貫通力の方がぐっと上がったから、生半可なミスリル装備なら余裕で貫けることも確認してる。結果としてかなり強くなったんじゃないかな」

――なるほど、よりえぐい性能に生まれ変わったと。数字以上の強化が施されたってことだけは分かった。試射するのが怖くなりそうだけど。

「さらに一部の特殊能力を強化しておいたよ。性能がガラッと変わったものもあるから、ちゃんと確認してね」

そんなことまでしてくれたのか。逆に、そんなことまでしないといけない戦いがこの後待ってるってことになる。大丈夫なんだろうか……強化はありがたいけど、そういう意味での不安は膨《ふく》らむ一方だ。

「仕上げとして、長期の戦いに耐えられるように耐久力自然回復がついていなかった装備に効果をつけたの。残念ながら修復力はあまり強くないけど、補給が受けられない戦いを強いられても途中で装備が砕けるという心配は低くなってるわ」

トドメにとんでもないこと言いましたよ、この師匠は。耐久力の自然回復なんてポンポンつけられたら、修繕を仕事の一つにしている鍛冶屋さんの飯の種がなくなってしまうよ。とにかく、装備を全部確認しよう。ええっと強化された装備の変化は――

ITEM

【フェンリルの頬当て・クラネスパワー】
効果：Def＋35（↑30UP）
特殊効果：「冷気耐性（弱）」「顔への攻撃による被クリティカル発生率増加を無視（強化）」
「重量軽減（中）（強化）」「耐久力自然回復（中）（強化）」

ITEM

【マリン・レッグセイヴァー・クラネスパワー】
効果：Atk＋84（↑20UP）　追加Def＋74（↑30UP）
特殊効果：「龍の劇毒（強化）」「悪路無視（強化）」「水泳補佐」「足封じ系妨害軽減」
「重量軽減（中）（強化）」「耐久力自然回復（中）（強化）」

ITEM

【左手用小盾　食らいつく者・クラネスパワー】
効果：Def＋104（↑30UP）
特殊効果：「耐久力増加（大）」「耐久力自然回復（大）（強化）」

「防御成功時、ダメージ軽減（大）」「重量軽減大（強化）」

「食らいつく者・改」（特殊なアンカーギミック。魔法を打ち出す砲塔が組み込まれたアンカー部分を射出し、そのアンカーに繋がっているスネーク・ソードを操ることである程度の方向転換が可能。食らいつかせることに成功した後、砲塔に込められた貫通力が異常に高い魔法を至近距離で発射する）

ITEM

【右手用小盾　ドラゴン・スネーククリスタルシールド・クラネスパワー】
効果：Def＋72（↑30UP）
特殊効果：「耐久力増加（大）（強化）」「シールド攻撃アーツ威力増加・極（強化）」
「防御成功時、ダメージの一部を反射（大）（強化）」
「魔法・属性防御力増加（大）（強化）」
「内部に仕込まれたスネーク・ソードによる攻撃が可能、アーツ使用可能（強化）」
「耐久力自然回復（中）（強化）」

ITEM

【魔弾の相棒・クラネスパワー】

特殊効果：「矢の射程と威力を1・5倍に強化（強化）」

「矢の属性攻撃によるダメージをより強化する（強化）」

「属性による特殊効果を個別に発生させる」

「矢が属性を纏う弓アーツのＭＰコスト45％軽減（強化）」


――強化、なんて言葉で済ませていいもんじゃないだろこれ。（強化）ってついている部分がクラネス師匠の手によって強くされた部分なんだが、【フェンリルの頬当て】からしてまずヤバい。顔に対してのクリティカル判定がなくなるってイカサマじゃないか？

【マリン・レッグセイヴァー】もかなりまずい。毒が強化された上に、悪路の影響を無視しちゃうようになってるよ。これで他の人が移動に苦労しているのに、自分だけ平然と歩けるという異様さが目立つことになってしまう。

盾の方は……うん、アンカーがついている【食らいつく者】の強化も強烈なんだが、【ドラゴン・スネーククリスタルシールド】の強化がもっと酷い……防御性能だけでなくシールドのアーツ効果や反射効果まで軒並《のきな》み上がってるし、内部に仕込まれたスネーク・ソードによる攻撃でもアーツが使えるようになってしまっている。

矢を入れるための筒である【魔弾の相棒】も、もうね……威力一・五倍って相当狂ってるよ!? 矢の属性攻撃も強化入っているし、コスト軽減は約半減と来た。オークションに出したらとんでもない値段がつくことは間違いないだろう。もちろん売らないが。

「いやー、久々に満足のいく仕事ができたよ。今日はよく眠れるって自信があるね！　私、ぐっじょぶ！　さあ、さっそく試し撃ちをしてもらわなきゃね！」

クラネス師匠のテンションも滅茶苦茶高い。そんな彼女に引っ張られるように訓練所まで連れてこられた自分は、一つ一つ確認をしていく。といっても頻当てはつけるだけ。流石にテストと言っても顔面に攻撃をもらいたくはない……だから残りの四つ。まずは【マリン・レッグセイヴァー】から。的に向かって蹴ってみたが、威力の変化はあんまり感じないかな……ここら辺はモンスターを相手にしないとはっきりしないね。毒も同じ。ただ、悪路無視は良く分かった。意図的に凸凹《でこぼこ》にした足場を歩いても、平地と感覚が変わらない。すごいんだけど気持ち悪い……あと、軽さは体感できた。確かに軽くなってるから、蹴りが今まで以上にスムーズに出せるのは嬉しい。

【食らいつく者】は……ああ、ちょっと自分の目のハイライトが一瞬消えたかもしれない。今まで通りに使って、クラネス師匠が特別に用意したミスリルの鎧に食らいつかせて砲塔に込めた魔法を起動したら……容赦なく貫通したよ。貫通力がありすぎて、撃ち込んだ部分だけでなくその先の的までぶち抜いていた。

【ドラゴン・スネーククリスタルシールド】は、軽くなったこととアーツが解禁されたことで、サブウェポンとしてより使いやすくなった。さらに刃の射程が伸びたので、中途半端な位置にいる相手の不意を突きやすくなるだろう。大体一・四倍ぐらい射程が伸びている感じがする。

最後に【魔弾の相棒】だが……これは流石に【八岐の月】ではなく一般的な弓で試し撃ちを行った。うん、こっちは実によく分かる。

装備していないと的に着せた鎧に矢が弾かれるが、装備すると貫通しちゃう。さらにクラネス師匠が貸してくれた地水火風の四大属性が乗った矢を放つと、より威力の差が歴然とする。この威力の差を、今後は【八岐の月】でやるの？　やっていいの？　大丈夫？

「うんうん、問題ないね。これならやって来る試練にも立ち向かえるでしょう。師匠からの贈り物として十分かな」

過剰だと思うのは自分だけだろうか？　それにまだ、今回の本命であるスネーク・ソードがお目見えしていないのだ。一体どんなスネーク・ソードを師匠は作ったのか？

「さーて、ついに最後にして本命のスネーク・ソードを見せようかな？　取ってくるから少し休んでてね～」

そう言って、いったん鍛冶場の方に戻っていくクラネス師匠。ややあって、師匠は二つの剣を持ってきた。こげ茶色をベースとし、下部や剣を入れるための箇所などの部分部分にミスリルと思われる金属による補強が入った鞘に納められている。

「これが、君専用のスネーク・ソード。こっちが【レパード】。こっちが【ガナード】。合体させたときの名は【レガリオン】ね。じゃ、ご開帳といきましょうか！」

鞘から抜かれた剣……【レパード】は透き通った金色に、【ガナード】は透き通った銀色に輝いていた。それらはとても綺麗で……自分はこの瞬間、二本の剣が見せる輝きにただ見とれていた……

クラネス師匠はいったん剣を鞘に納め、その後自分に手渡してきた。では、さっそく性能のチェックと参りましょうか。まずは金色の輝きを放っている【レパード】、その後に銀色に輝く【ガナード】を見てみよう。

ITEM

【レパード】

悪を断つことに長《た》けたスネーク・ソード。

悪事を働いている者の罪の重さによって威力を増し、特に頭や首、心臓といったクリティカルヒットが出る可能性があるところに攻撃を当てた場合、抵抗を無視する。

立ち塞《ふさ》がる悪に負けぬように祈る製作者の命が込められている武器。

効果：Ａｔｋ＋１８７

特殊効果：「悪人に対する攻撃力強化&クリティカルヒット抵抗無視」

「耐久力自然回復（極）」「攻撃命中時、ＨＰ&ＭＰ吸収（大）」「盗み不可能」

「ガナードと合体時、特殊効果を全て共有し、さらなる力を発揮する」

製作評価：ＥＸ（数値化不能）

ITEM

【ガナード】

格上の相手と戦う時に本領を発揮するスネーク・ソード。

敵が強ければ強いほど、比例して強くなる。

どんな困難が襲いかかってきても、乗り越えられるようにと願う製作者の魂が込められている武器。
効果：Atk+182
特殊効果：「格上の相手と戦う時、攻撃力増加（極）」「耐久力自然回復（極）」
「攻撃命中時、攻撃力と防御力を吸収して短時間自分の能力に加える（大）」
「盗み不可能」「レパードと合体時、特殊効果を全て共有し、さらなる力を発揮する」
製作評価：EX（数値化不能）

なるほど、攻撃力も高いが、能力もすごいな。

でも、まだこれは本命じゃない。いよいよこの二つの剣を合体させてからのステータスを確認する。

ITEM

【レガリオン】
効果：Atk＋400
特殊効果：「ガナードとレパードの特殊効果を全て適用」
「アームブレイクによる武器の落下が起こらない」
「特殊アーツ《？？？》使用可能」
製作評価：EX

アームブレイクしても武器を落とさないって……あと、《？？？》となっているがアーツが一つ使えるようになるのか。じゃあ、この剣は魔剣なのか？　だが、どこにも魔剣であるという説明は入っていない。これはどういうことなんだ……？

「確認はできたようね。その剣は、魔剣と普通の剣の中間に位置する特殊な剣。普通の剣の範疇からは飛び出しているもの。そういうものだって納得して……この剣の打ち方はドワーフの秘儀、たとえ君であっても教えるわけにはいかないから、これぐらいしか説明できないの」

聞きたいことはあるが、クラネス師匠からそう言われてしまえば深堀りするわけにはいかない。

クラネス師匠の話はまだ続く。

「あとは、いくつか約束——違うわね、契約をしてもらう必要があるわ。内容だけど……一つ、もう二度と私の店に来ないこと。一つ、この剣を作ったのは誰なのかを絶対に口外せず、墓まで持って行くこと。一つ、誰にも譲らず、売らず、最後まで自分のものとし続けること。この三つの契約を交わしてもらうね。それが嫌なら……今ここで、剣を叩き割ることになるよ」

クラネス師匠は今言った契約内容が書かれた血のように真っ赤な紙を見せてくる。よく見ると、この契約を破った場合は……剣を失うだけではなく、四肢《しし》のいずれかを永遠に失うとある。

後出しなのはちょっとどうなのかとも思ったが、それぐらいしなきゃいけない武器ってことなんだろう。

「契約書は読んだね。契約したら、もう取り消しはできない。よく考えて決めて」

作ったのは誰なのかを口外しないってのは分かる。あとは誰にも譲るな、売るなってのも理解できる。しかし、なぜ二度とこの店に来てはいけないのだろうか？　それに、剣の説明文にも引っかかる部分があった。【レパード】には製作者の命が、ガナードには魂が込められているという一文がある——まさか、それは。

自分が無言でクラネス師匠を見ると、彼女は厳しい表情を浮かべながら自分を見据えている。どうすればいいんだろうか……契約内容は無茶なものではない。しかし、契約すればクラネス師匠とは永久の別れとなる。だが、クラネス師匠はこれから先の自分に必要だと思ったからこそ、こんな武器を打ったはず。それを受け取らないというのはあまりにも非礼ではないだろうか？

（武器の性能が素晴らしいことに異論はないが、それ以上のすごみというやつを感じる。悩ましいが……雨龍師匠や砂龍師匠も、無駄なことは言わなかったしな……クラネス師匠との付き合いは先の二人に比べればはるかに少ないが、それでも師匠がこんな剣を打ちあげたんだ。契約して受け取るべきだと考えた方がいいはず、だ）

かなり迷ったが、師匠が自分に必要だと思って作った剣を受け取らない方がまずいと考えをまとめ契約書にサインし、最後にナイフで自分の親指に傷を小さくつけて拇印《ぼいん》を押した。

「――これで契約は成った。忘れないでね、君がどこにいてもこの契約を破れば刑はすぐに執行される。じゃあ、もう一度【レガリオン】を見てみなさい。先ほどは見えなかった部分が見えるようになったはずだから」

そう言われて再確認すると……確かにそこには新しいアーツの説明があった。まずアーツの名前は《サイクロン》。その内容は、【レガリオン】を自分の頭上に掲げて回転させることで小さな竜巻を形成して周囲の敵を呑《の》み込み、巻き上げる。そうして敵の自由を奪ったところを渦《うず》から発生させる風の刃で滅多切りにし、自分が飛び上がって上から切り伏せ地面に叩きつけるという流れになるようだ。なお、風を用いるが風属性ではなく無属性攻撃らしい。

「確かに、表記されました」

「良かった、これで君にやってあげられることは全てお終い。そして師匠役もお終いね……まあ、あんまり何かを教えてあげることができなかったポンコツ師匠だったけど、今回の装備強化でそこは許してね？」

そう言って、クラネス師匠は——いや、クラネスさんは笑った。とても寂《さび》しそうに笑った。だが、そんな笑みを浮かべた理由を問うてはいけない感じがする。

何にせよ、あの契約書に自分の意志でサインしたのだ。そろそろ、ここから出ていかなくてはならない。そして、二度と戻ってこられない。それでも。

「じゃ、クラネスさん。『行ってきます』」

自分はさようならとは言わなかった。もう二度と通ることはない扉を開けながら、あえてそう言った。クラネスさんから返ってきた言葉は……

「行ってらっしゃい、気を付けてね！」

であった。

さて、後ろ髪を引かれる思いはあるが……ここでの用事は済んだ。あとは地上に戻って新しい剣の使い方に慣れなきゃいけない。そうして、心の中ではお別れを告げ、自分は地上に戻るべく、足早にクラネスさんのお店の前から立ち去った。

――そして、アースが立ち去った後、クラネスは――

「何とか、誤魔化しきれた、かな……」

彼女は青い顔をしながら、床に崩れ落ちるように倒れ込んでいた。この世界のドワーフの秘儀、それは……己の命と魂を文字通り削ってミスリルに込め、変質させること。その変質したミスリルは変質させたドワーフ本人にしか武具にすることができない。当然そんな無茶をすれば寿命や体調にもろに響く。アースが立ち去るまで、クラネスはその苦しみを必死で抑えていたのだ。旅立つ彼の心の枷《かせ》とならぬように。

契約書も、衰弱《すいじゃく》した自分をアースが見て気に病まないようにと持ち出したものであった。

「王様、王妃様があんなことを言ってきたんだもの……仕方がないわよね」

ドワーフの勘というのは、嘘であった。事の始まりはアースがクラネスを訪れる少し前。有翼人が討ち取られたというニュースが入り、多くのドワーフが歓声を上げた。

そして彼らは報告を兼ねて、かつてアースがクラネスと共に訪れた、廃墟となってなおドワーフの先祖が姿を現すドワーフの城に武器を奉納した。その時クラネスは、姿を見せたドワーフの王と王妃から直接伝えられたのだ。

お前の弟子は、もう一度大きな戦いに出向くことになるであろう、と。

クラネスがどういうことかと問いかけたが、それ以上の言葉はなく二人とも城の中に消えていった。自分達が今も大事にしているあの廃墟となった城の王と王妃の言葉である以上、無視もできず……変質させるための最上級ミスリルをはじめとした用意は整えていたのだ。そこに、アースが姿を見せた。

この流れでクラネスは、王と王妃の言葉はこの時のために前もって準備をしておけということだったのだと察した。

預かったいくつかの武具を強化した後、クラネスはドワーフの秘儀を行ってあの剣を打ちあげた。間違いなく今回の剣が自分の最高で最後の作品になると思いながら。

アースに例の剣を渡したことを、クラネスは後悔していない。

「でも、きつい、なぁ。今すぐ、死ぬことはないけど……ダメね、しばらくはこうしている他ないかな――」

「おーい、クラネス。いい野菜が取れたからおすそ分けに……クラネス⁉　どうした⁉」

このまま体が落ち着くまでは倒れていようと考えていたクラネスのところに、知り合いのドワーフがたまたま訪れた。倒れ込んでいたクラネスに気が付き、慌てて駆け寄る。

「秘儀、やっちゃったの。その影響でね……」

「そういうことか。とりあえず寝床に寝かせよう。場所を教えてくれ」

このドワーフによって、クラネスは冷たい床に倒れたまましばらく耐えねばならないという事態を回避できた。

さらに訪れたドワーフはパン粥《がゆ》を作り、クラネスに食べさせてから立ち去った。ドワーフの秘儀の内容は当然彼も知っているため、クラネスがどのような体調なのかを察したからだ。

「アース君、私の最高傑作を渡したんだからね？　どんな困難が待っていたとしても、諦《あきら》めたら許さないんだから……」

そう呟き、クラネスは眠りに落ちていく。

そしてこの後、彼女は永眠するまで一生武具を作ることはなかった。もう、それだけの力が体に残されていなかったからだ。

そんな彼女の想いを宿した武器を握っているアースは、ドワーフの王と王妃がクラネスに告げた通り、強大な相手と向き合うことになる。

8

――アースがクラネスから剣を受け取っていた頃。某場所では六英雄を前に、「ワンモア」の開発を続けていた開発部長がある報告を行っていた。

「と、いう形で、我々が〝One World〟の形成に必要だと考えて行ってきたプログラムは全て終了しました。ＡＩ達の思考能力、行動力の進化は目覚ましく、十分にもう一つの世界を制作できたと報告いたします」

それを聞き、六英雄の最高齢である長老は満足そうに頷いた。

「そうかそうか。やきもきさせられたが、報告を見れば納得がいくというものよ。これだけの世界を完成させるのは、並大抵のことではないなんてことは儂らでもよう分かる。よくぞここまでのものを作り上げげた。儂からの報酬は、当初予定した額よりも増やして、成果を評価することとしようかの」

開発部長は「ありがとうございます、部下達も苦しい開発の日々の努力が報われることに喜ぶでしょう」と口にしながら頭を下げた。

「俺からの報酬も上乗せしてやる。で、この後はどういう流れで俺達にこの〝One World〟を渡すんだ？　予定を聞いておきてえな」

野生児からの言葉に、開発部長は「では、説明させていただきます」と前置きをし、今後の予定を話し始める。

「六英雄の皆様からの許可をいただいた後、告知を行って三か月後に〝One World〟の代わりの看板として使ってきた『ワンモア・フリーライフ・オンライン』のサービス終了をプレイヤー全員に伝えます。三か月というのは、終了を伝えてから終わらせるまでのほどよい期間であるということと、こちらが行う最終調整にだいたいそれぐらいの時間があれば片が付けられるという理由がありますす」

三か月で終わらせるという説明に、これといった反論は出なかった。

「では、私は現段階をもって開発部長の口にした最終調整を許可したいと思います」

「異議なし」

「うむ、異議はないの」

「ああ、俺も異議なしだ」

「私も反論する理由はないわ」

「異議なし、だな」

ジェントルマンを皮切りに、他の六英雄全員が同意した。その同意を得られたことに開発部長はほっとした。三か月間、細かい問題がないかをチェックすれば、ついに仕事が終わる。あとは残りの人生をほどよく仕事をしながら優雅に過ごせばいい。部下達にも十二分に報いてやれることも確定し、胃薬が友達だった時間も終わる。

「皆様からの許可もいただけましたので、日本時間の明日に『ワンモア』の終了を告知するよう運営に指示を飛ばします。長らくお待たせしましたことをお詫びいたします」

そうして、六英雄の集まりはスムーズに終わるはず、だった。

しかし、ここで突如『お待ちください』という声がこの場に響いた。

「誰じゃ？」

「女の声？　紅一点の声じゃねえ。しかし、他の人間の気配もしねえ。誰だ!?」

「侵入者……にしてはおかしいですね？」

「人の気配はここにいる我々だけ。この近くに八人目？　となる女は野生児の言う通り存在しない」

突如聞こえてきた女性の声に、六英雄と開発部長は身構えた。しかし、六英雄の中でも勘の鋭い野生児や中世商人も声の主が誰だかわからない。だが、それは無理もない。声を発したのは人間ではなかったのだから。そして開発部長はここで耳にするはずのない声に、混乱ぎみとなっていた。

『私はここにいます。開発部長、ノートパソコンを六英雄の皆様の方に向けてください』

開発部長は、ノートパソコンのモニターに映し出された長い銀髪に簡素な白いワンピースを身に纏った一人の女性にぎょっとした。その女性がここにいるとは夢にも思っていなかったからだ。

しかし、こうして話しかけてきている以上無視もできず……女性の要望通り、六英雄に見えるようにノートパソコンを配置した。

『突然、このような形で顔を出したことをお詫びいたします。私は〝One World〟の今後の世界を司《つかさど》る女神として生み出されたＡＩでございます。開発部長が「ワンモア」を終わらせ、〝One World〟へと移行する許可を六英雄の皆様に得る予定だと知った私は、自分を二つに分けて、その片方をこのノートパソコンに潜り込ませていました』

流暢《りゅうちょう》に喋るＡＩを見て、六英雄達は開発部長をトップとした技術者達の開発したＡＩは想定以上の成果を上げていることを改めて感じ取った。しかし、だからといって何のために現れたのかを問わないわけにはいかない。ここで動いたのは紅一点だ。

「なるほどね、大した行動力だわ。ならその度胸に免じて聞いてあげましょう、なぜそうまでしてここに来たかったのかを」

ＡＩである銀髪の女性は、頷いた後に喋り出す。

『「ワンモア」の看板を下ろす前にどうしても一つだけ……世界を司っていくにあたって、最後にどうしても一つだけ人を相手に見ておきたいものがございます。それを見る場を設ける許可をいただきたく、こうして失礼ながら乱入させていただきました』

六英雄達は互いの顔を見合わせた。ＡＩが最後に人を相手に見たいものとは何なのか？

ここで口を開いたのは指揮者。

「それは、インターネットを通じて知ることができるデータや、歴史などから知れる人の動き方などを参考にするのでは足りないのかね？」

この問いかけに対し、ＡＩである銀髪の女性は悩むことなく『はい』と答える。

『残念ながら、それではただのデータに過ぎないのです。そこには今を生きている人の「熱」もなければ「意地」もありません。私は、私自身でデータに収まり切らない人の「熱」と「意地」を知っておきたいのです。世界を司り始めれば、もうそれを知る機会は二度とやって来ないでしょう。最後の機会は、今しかないのです』

データではなく、人の熱と意地を直接感じたい。それは理路整然と考えるＡＩから出たとは到底思えない言葉であった。そのＡＩに対し、次に問いかけたのは野生児だ。

「人の熱と意地を知りたいか。おもしれえが、具体的にはどうすんだ？」

『一〇〇〇階の塔を建て、その塔をプレイヤーの皆様に上っていただきます。そして上り切ったプレイヤーの皆様に加えて登頂した階が高い順に参加権を渡そうと考えております。参加権は上り切ったプレイヤーにまず付与、そして最終日前日にルーレットを回して出た数を登頂プレイヤーの数にかけ追加の参加者数を決めます。最低値は一・五倍。最大で五倍。ルーレットはプレイヤーが観戦できる形で回し、該当者には私と直接対決をしていただく形を考えています。私は女神なので、相応の強さでプレイヤーの皆様を薙ぎ払うこととなるでしょう。そんな苦境に追い込まれてもなお、立ち上がってくるプレイヤーはいるはず。そうして立ち上がって諦めず戦う姿からは、「熱」と「意地」があふれているはず。私は、それを自分の体で感じたい』

一〇〇〇階の塔を踏破させる、という話で、数名が顔をしかめた。三か月で踏破できる高さではおそらくないだろうと踏んだからだ。それを確かめるべく、ジェントルマンが尋ねる。

「どれくらいの期間を考えていますか？　一〇〇〇階の塔ともなれば、大きさ、規模は途方もないものとなるでしょうからな」

この質問に対して、提示された計画は……

『まず三か月を最終準備期間と銘打って、プレイヤーの皆様に地上での準備を行っていただく。そしてその後一年を塔へアタックする期間とし、最後の一日で私と戦っていただく形です』

つまり、「ワンモア・フリーライフ・オンライン」の運営が一年延び、〝One World〟として六英雄のものとなるのが一年遅れるということである。当然、反対意見が上がる。

「老いぼれに一年は長いのう」

「うーん、私も反対させていただきますかね」

「ないな、反対だ」

　一方で賛成する意見も出た。

「いや、やらせてみたらどうだ。今後の世界を見るにあたって、そういうことも知っておいた方が良いと思うぜ」

「そうね、人の熱というものを知っておくのもいい勉強かもしれないわ」

「極限状態の人間を見たい、という気持ちは理解できる」

　反対が長老、ジェントルマン、指揮者。一方で賛成は野生児、紅一点、中世商人。意見が綺麗に真っ二つに割れた。それからしばらく双方が意見を交わしたが、賛成にしろ反対にしろ、票が動くことはなかった。

「これ以上話しても仕方がねえ。お互いの意見に揺らぎがねえってことは全員が分かっただろ？　だったらもうコイントスでもなんでもいいから、双方共にイカサマができねえ方法で決める他ねえな」

　野生児の言葉に、他の五人は頷いた。幸い今回は自分達を狙ったテロリストをどう血祭りにあげるかとか、世界を狂わせようとしているから金融関連の締《し》めつけで潰そうとかいう話ではない。自分達の趣味の範疇故、そういった運に身を任せてもいいと判断されたのだ。

「では、誰がトスをしましょうか？」

「私達がやれば、必ず不平不満が出るわ。ここは開発部長さんにやっていただきましょう」

「わ、私がですか⁉」

ここで役目を振られたのは開発部長であった。

中立であると判断されたからだが、彼はおなかが急に締めつけられる感覚に襲われた。ご愁傷様であるが、運が悪かったと諦めてもらう他ない。用意されたコインは開発部長が持っていた日本の五百円玉。細工がされていない可能性が高いもの、ということである。

「では、トスを上げてくれ。そして机の上に落とすのだ。手の甲でキャッチする必要はない」

「５００と数字が大きく書かれている方が裏よ。さて、どっちに賭ける？」

「儂は……うむ、裏だと思うぞ」

「俺は表だな」

「裏」

「なら表でいいわ、これで割れたわね」

揉めることなくあっさりと反対側は裏、賛成側は表と決まった。もちろん一発勝負であり、それで全てが決まる。

「貴方も、それで良いわね？」

『意見を取り上げていただいただけでも望外のこと。どのような決着であっても文句を申し上げないところに宣言いたします』

紅一点の最終確認にＡＩが同意し、ついに「ワンモア」の終わらせ方を決めるコイントスが行われた。その結果は……

9

翌日、自分が仕事を終えて明日の準備をしてから「ワンモア」にログインすると……ログイン直後、でかでかと運営からのインフォメーションが乗せられたウィンドウが強制的に開かれた。

内容は……

「え？『ワンモア』のサービス、終わり？」

「ワンモア・フリーライフ・オンライン」が様々な事情のため、サービスを終了するとの説明がつらつらと書かれていた。資金難というわけではなさそうだが……詳しい情報は公式ＨＰに書かれているとのことなので、案内に従って公式のＨＰをゲーム内ウィンドウで開く。

サービス終了理由は変わらないが、サービス終了に伴っていくつかの案内が書かれていた。何、まず希望者には今「ワンモア」のログインのために使っているVRヘルメットを、新品基準の代金で全額払い戻し？　それからサービス終了までのスケジュールは……一年と三か月？　ずいぶんと中途半端な期間だな、三か月って言うなら分かるんだけど。

ふむ、よく見るとどうやら一年という長期間をかけてラストイベントをやるのか。三か月内にそのイベントに備えてあらゆる準備をしておけと。

クラネス師匠が言っていた、あと一回やって来る試練というのはこのイベントのことだったのか？　まあ、とりあえず考えるのは後回しにして、他にはっと……

あとは今日をもって定額課金の終了も告げられたか。残り一年と三か月は無課金で遊べるようにする、と。運営と開発は大丈夫なのか？　課金が一年以上止まってしまうとかなりの出費になると思うんだけど。それと細かい変更点がいくつかだが……一般プレイヤーには関係ないかな。アイテムの弱体化や強化はないし……グラフィックの修正も、ぱっと見じゃどう修正されたのか分からん。

「何にせよ、終わっちゃうのか。最初から最後までやったMMOってことになりそうだなぁ」

色々あったな、というかありすぎたと言ってもいいかもしれん。今後は……二か月間は修業にあてて、残り一か月になったら各地のお世話になった人々に挨拶に回って、最後の一年は全てイベントに費やすという流れでいくか。そうと決まればさっそく行動開始だ。今日はダークエルフの谷に行って、そこに湧くカエルや蛇相手に【レガリオン】を振るいまくって経験を積もう。あそこは出てくる数が多いから、良い訓練になるはずだ。

ウィンドウを消去し、歩き出そうとしたところでウィスパーが飛んできた。つんのめってしまい、頭に乗ってるアクアがポロリと落ちてきたところを両手でなんとかキャッチ。

誰が飛ばしてきたんだと確認すると、ツヴァイとミリーの二人だった。

そういえばこのゲームでまともに会話をした最初のプレイヤーはミリーで、次がツヴァイだったか。

まあ、それはともかく……先に送ってきたのはタッチの差でツヴァイだったので、ミリーには少し待っていてほしいとメールを飛ばしておく。

【アース、公式の説明を見たか!?】

【「ワンモア」が終わるって話なら確認してきた】

【そうか、ならいいんだ。しかし、「ワンモア」が終わっちまうとはなぁ……】

ツヴァイの話はやっぱりというかなんというか、「ワンモア」終了に関することだった。

もし自分が確認していなかったら、公式ＨＰを見てくるように言うつもりだったらしい。

【分かってるならいいんだ。で、イベントは参加するんだろう？】

【極端なＰｖＰものでない限りは】

【よし、じゃあイベント内容が分かったらいったん話し合いをしようぜ？　協力できるところはし

た方が良いだろ？】

【ああ、その時は改めてウィスパーで。ミリーを待たせてるから、今回はそろそろいいかな？】

【ああ、またな！】

これでツヴァイからのウィスパーはよしっと。次はミリーに繋がねば。

【ミリー、済まない。お待たせした】

【いえ、問題ありません】

――なんだ？　ミリーの口調が少しおかしいような……普段の穏やかさはどこへやら、日本刀の刃のような鋭さを感じる声色だ。何かがあったんだな……それが、ウィスパーを飛ばしてきた理由かもしれん。

【これからウィスパーでお話しさせていただくことは、他言無用に願います。今まで貴方は他者の秘密を人前で喋るようなことはしませんでした。その口の堅さを信じての話となります。もし、自信がないというのであれば今仰ってください。すぐにお話を終わりにしますので】

まあ、人の秘密をべらべらと話すような真似は、自分はしてこなかった。義賊頭としての信用にも関わるし、何よりそういう行為を自分は嫌う。人の秘密を暴き、それを他人に触れ回ることを楽しみとする人間もいるが、自分はそういう人からは距離を置いてきた。

【分かりました、他言無用と言うのであれば必ず守ります。お話を伺いましょう】

この時点で、自分は「ワンモア」のアースではなくリアルの社会人、田中大地の精神で話を聞く心構えになっていた。なんとなく、そうした方が良いという直感に従った。

【では、お話しします。私ことミリーですが、実は「ワンモア」の開発に出資していた一人なのです。そして、私は六英雄の一人。世間一般では紅一点とあだ名がついていますね】

――えっ。ちょ、六英雄⁉　あの経済で敵に回したらいろんな意味で死ぬって言われているあの六英雄⁉　なんでそんな人がＶＲに……いや、待て。六英雄が出資しているとすれば、「ワンモア」の開発と運営の資金がどこから来ているのかという謎が氷解する。彼らの財力なら、こんなＶＲ世界を作り上げるためにかかる資金を賄《まかな》うことは余裕だろう。

【なるほど、「ワンモア」プレイヤーの多くが月額数千円ではこんな世界を開発、維持できるだけの資金が集まるはずがないと首を捻《ひね》っていましたが、六英雄の力があれば確かに可能ですね。ですが、それが話の本題ではないのでしょう？】

そう、正体を明かすだけの理由が、このあとに語られなきゃおかしい。自分の身分を明かすのは、信じがたいことを話す前振りのようなものだから。

【ええ、そしてここからが本題です。アースさん、貴方にはぜひ三か月後から一年かけて行われる「ワンモア」のイベントと称した最終テストに参加していただきたいのです。これは、ある存在からの依頼であるとお受け取りください】

——重大な依頼と来たか。しかし、依頼主は明かさないのか明かせないのか、どっちなんだろう？　一応聞いてみよう。

【依頼主は、シークレットということで良いのですか？】

教えられないと言うのであれば、それでいい。さて、ミリーこと紅一点からの返答はいかに。

【——そう、ですね。イベントを最後までこなせばおのずと会える、とだけ言っておきます。その方が出会い方的にも良いはずですから】

なるほど、今は言えないが三か月後のイベントをクリアできれば直接会える、と。それならそれでいいか、会う楽しみというものもあるし。なぜそんな依頼をこういう形で出してきたのか、そこら辺の事情も聞けるだろう。

【そういうことでしたら、これ以上詳しくは聞かないでおきます。直接会うことができるのであれば、イベントの楽しみが増えますから】

これで、イベントに参加しないという選択肢は消えた。まあ、元から極端なＰｖＰイベントでなければ参加するつもりではあったけどさ。

【ありがとうございます、ではイベントまで準備を怠《おこた》らないようにしてください。では、私はミリーに戻ります……あ～疲れました～、まじめな話はやっぱり大変ですよね～】

落差が激しいですね!?　一気にポワンとしたいつもの感じになっちゃったぞ。

【今後はどうお付き合いすれば良いのでしょうか？　今まで通りミリーとして話をすれば良いのですか？　それとも――】

【ミリーで良いですよ～、正直今回のようなことがなければ正体を明かすつもりはありませんでしたから～】

そりゃそうか。まさか知り合いプレイヤーの中身がこんなトンデモ存在であったことに驚きだけど……だからこそ、今まで通りにしよう。リアルじゃできない人付き合いを求めているって場合もあるからね。

【了解、ミリーはイベントへの参加はどうするのかな？】

【都合次第ですねえ、時間が取れればもちろん参加しますよ～。やっぱりイベントは自分の考えと大きくずれていないのであれば参加してみたいじゃないですか～】

まあ、ミリーじゃなくったって、社会人は時間が取れるかどうかは分からんからなー、予想外の仕事が突如入ってきたりもするし。

【お互い参加できるように頑張ろう】

【そうですね～、それでは長々と失礼しました～】

ミリーからのウィスパーが切れた。なんか、とんでもないことを知ってしまった。

でもまあ、今まで通りのお付き合いをすればいいらしいし、他言無用なこと以外は気を張り詰めずに行こうか。

さてと、時間が結構経ってしまったな……さっさと街の外に行こうか。そして、そこからアクアに頼んで一気にエルフの村へゴーである。

ワンモアが）雑談掲示板 No.12211（運営終了のお知らせ

1：名無しの冒険者 ID：REfef32ed
ワンモア、終わりってマジか……

2：名無しの冒険者 ID：Geq5wdWEw
公式にでかでかと終了宣言が
出ちまってるんだから事実だろ……
終わりなんだよ。仕方がないさ

3：名無しの冒険者 ID：Geg6fwed3
やっぱりやっていくための資金が足りなくなったのかね？
定額課金制は、基本無料でガチャあり運営と比べると
収入が安定する分、少なめってことが多いらしいし

4：名無しの冒険者 ID：EFfew3qwe
移住先探すしかねえんだろうが……いい行先どこかない？

5：名無しの冒険者 ID：GFqewf5wq
むしろこっちが教えてほしいわ
ＶＲのゲームは確実に増えてきているけど、
味覚とかは基本的にないし、ＡＩだってワンモアのような
レベルのものはまずない

6：名無しの冒険者 ID：Gwa5fe317
あと一年と三か月はあるんだから、
楽しむことだけを考えた方が良いと思う
今だけは

7：名無しの冒険者 ID：EQFq7weqN
そうだな、まだ一年はある
最終イベントがどういうものかが気になるが……

8：名無しの冒険者 ID：wdwddwd34
また鬼畜なやつなんじゃないのー？
皆で仲良くゴールインなんてことだけは絶対にないな

9：名無しの冒険者 ID：978r4cik2
まあ、それは間違いないよな。
ワンモアの運営と開発がやることだもの
エッグいイベントかもしれないぞ、
例えば全ての街が襲撃されて、護り切れなかったら全滅とかさ

10：名無しの冒険者 ID：EFef5w3e
街襲撃イベントは過去にもあったからな、
良い読みかもしれないぞそれは

11：名無しの冒険者 ID：dfwtidfx0
もしそうだったら絶対参加するわ、
有翼人の時のような失敗は繰り返さんぞ

12：名無しの冒険者 ID：WEFfeq37s
ただ、それを一年かけてやるのか？
と言われると首を捻るけどなぁ。一か月ならまだ分かるが

13：名無しの冒険者 ID：EFfwq3wqf
期間が一年だものね、ひたすら防衛を一年も強いる、
ってのは確かにないか

14：名無しの冒険者 ID：wdwr8dvc1
何をやらせるつもりなんだろうな、運営と開発は
最後ぐらいはドロッとしたものはなしで頼むぞ

15：名無しの冒険者 ID：Egeg963we
虐殺系は無いと思うけどなー……
思いたいけどなー……
でもワンモアは前科が多すぎるし

16：名無しの冒険者 ID：EGFegeg75
そこなんだよ、前科が多すぎて不安なんだよ
普通イベントって聞いたら何やるのか楽しみーってならねえ？
なんでワンモアはこうもプレイヤーが警戒態勢に入るんだよ

17：名無しの冒険者 ID：efkec4weX
イベントもそうだけどさ、他も読んだ？
ワンモアに入るために使ってたＶＲのヘルメット、
新品価格で全額返金……
ふつうこんなことやらんよな

18：名無しの冒険者 ID：EFGeq46ew
金がねえからありがてえ話だけどな
もちろん自分はワンモア終わったら返品する予定
もらえるもんはもらわないとな

19：名無しの冒険者 ID：3256frRdw
大半の人が返品するだろうね、
送料まで返金してくれるし……
しない人は記念品として取っておきたいって人ぐらいじゃないかな

20：名無しの冒険者 ID：fef6yREwe
あと、月額料金も過剰に払っていた人は返金されるね
今日からもう無料になったから

21：名無しの冒険者 ID：GEe23efwE
残りの期間は無料ってのは、
サービス終わるゲームが良くやるよな
でもワンモアはその期間が長すぎるが

22：名無しの冒険者 ID：cwdw89frq
まあ、長くてもいいでしょ。プレイヤー的に損するところは何もない

23：名無しの冒険者 ID：fefGe1te3
裏があるんじゃないかって勘ぐってしまうのは自分だけだろうか？

24：名無しの冒険者 ID：QEFGqqdVm
安心しろ同志、俺も疑ってる。ワンモアだもの

25：名無しの冒険者 ID：g8uy3eefW
誰もが納得する言葉、「ワンモアだから」

26：名無しの冒険者 ID：trhs35e4w
プレイ経験者にだけは通じる限定的な
パワーワードになってるよな、それ
自分もプレイした後ならワンモアだしなぁ、
で納得するところがあることあること

27：名無しの冒険者 ID：iFf2gdfww
悪行の数々がそれだけあるってことだろこん畜生

28：名無しの冒険者 ID：ASEDFef2t
うんうん、全くもってその通りだ
先の人が言っていた通り、ワンモアは前科が多すぎるんだよ……
原因は運営なのか開発なのか、それとも両方か

29：名無しの冒険者 ID：EGFeg63ew
りょーほーじゃないのお？

30：名無しの冒険者 ID：vdas93we7
答えがいきなり出ちゃったじゃんかよ（笑）
他の意見は多分ないと思うぞ？

31：名無しの冒険者 ID：EFqf3cdqw
いきなり正解言うやつがあるか！
全然盛り上がらねえだろうが（笑）

32：名無しの冒険者 ID：f1rf9w6eW
しかし、だ。他の答えがあるなら教えてほしい
多分皆彼と同じ答えを出すと思うんだが
当然私も同じことを言っただろう

33：名無しの冒険者 ID：jdce5cedw
ああ、言いたいことは分かるよ。でもそこはほら、
無理やりでも斜め上の答えを出してほしかったっていう
期待も多少はあったんじゃないかな

34：名無しの冒険者 ID：GawerBdf8
気持ちは分かるが無理でしょそれ
ここの運営と開発だよ？
腹の中が真っ黒だし、しょうがないじゃない

35：名無しの冒険者 ID：HRrh9re3w
それは確かに

36：名無しの冒険者 ID：Hwr7e2efg
まあ、その話はここまでにするとしても、
あと三か月は準備期間ってことだよね？
さっそく各商品の値上げ合戦が始まったんですが

37：名無しの冒険者 ID：HGewga5ew
もうかよ！　速すぎんだろ商人プレイヤー達の動きは！
あいつらがちで稼げる時は容赦しねえ……

38：名無しの冒険者 ID：QEFfe42er
でも、お金はもう持っていても仕方ない気がするんだけど

39：名無しの冒険者 ID：FEea542nk
いや、そうとは限らないぞ。ゲームが終わった時、
最終結果で総資産 NO.1 を取ったりしたら
何らかの商品か賞金が出るとかの最終イベントがあるかもしれん
だからそいつらは金稼ぎにより躍起になったんじゃないか？

40：名無しの冒険者 ID：EWQGewg63
ワンモアの総決算みたいな感じか
でも、もうここでくっちゃべってる時点で出遅れだよな、そっち方面は

41：名無しの冒険者 ID：fwd3e2fd5
その手のは、あると先を見越して行動しないともう遅いから
だからここを見ている時点でアウトだね
まあ、自分は興味ないからいいけど

42：名無しの冒険者 ID：fee6dfw2e
今のうちに、上げられるスキルレベルは全部カンストまで
持っていかないとダメだろうな
特に戦うことをメインとしているメンツは

43：名無しの冒険者 ID：fkdwdm47x
狩場が、めっちゃ混みそうだわ……美味しい狩場は特に

44：名無しの冒険者 ID：egfefas5f
レッサードラゴンがいるところなんて、
もう取り合いになってますが。普段はこんなに人いねーぞ！

45：名無しの冒険者 ID：Klio52d5f
地底世界、鉱石の取り合い発生中
今後はより酷くなるんだろうなぁ（トオイメ）

46：名無しの冒険者 ID：dwd7fd2wz
もうかよ！　やっぱり動きが速い奴は違うな……
なんてのんきに言えればよかったぜ！
俺のところにも人が……普段は俺ぐらいしかいないから
のんびり狩りをするのにいいところだったのに！

47：名無しの冒険者 ID：geeaBxc2a
狩場でのトラブルめっちゃ増えそうでげんなり
揉め事起きると無駄に時間使うから、誰も得しないんだけどなぁ

48：名無しの冒険者 ID：ffe5ww698
でも残念ながらどこにでも一定数いる
あいつら何故か知らんが、自分の主張が正しいと信じ込んでるから
すごい面倒。なんでああも言い切れるんだろうね？

49：名無しの冒険者 ID：cwwd8r3Ew

一種の狂信者だからな、あれって。自分が正しいって
前提のもとに話し合いを始めるから、
否定されると自分自身を否定されたと考えて、攻撃的になる
だから話が通じないことが多い……

50：名無しの冒険者 ID：EVf53efex

ワンモアだとなじみがないかもしれんが、
PK アリのゲームだとイベントボスとかの一大事に、
PK しまくるやつがいんのよ。ひんしゅくを買っても、
当人はシステムで許されているからって開き直る

51：名無しの冒険者 ID：ewdw54w3e

あー、そういう人もいるねえ。周囲から距離を取られて、
最終的に孤立して自滅するか、より暴れ回って
周囲を引退させて一人ぼっちになるかって結末を迎えることが多いな

52：名無しの冒険者 ID：GRrf58rer

その手の連中は、話にならねえと割り切るほかない
話をしようとするだけ時間の無駄なんだよね

53：名無しの冒険者 ID：ggerer63w

でもそいつらの言いなりになって立ち去るってのも悔しいよなぁ、
こっちが先に来て狩りをやってても
その理屈でこっちを追い出そうとするわけだろ？

54：名無しの冒険者 ID：eff53ewsa

あまりにも酷い時は GM を呼ぶしかないね
できるだけ頼りたくはないけどさ、あまりにも身勝手かつ差別的、
侮辱的なことまで口にしてこちらを攻撃してきた場合はやむなしだよ

55：名無しの冒険者 ID：ov3rfQWdx
ここはあなた専用の世界じゃない、ってことは
誰もが理解してないといけないんだけどなぁ

56：名無しの冒険者 ID：Gw54f2wef
ラストスパートをかけたいから、そういうことを主張する
プレイヤーは増えると思うよ。今後は……

57：名無しの冒険者 ID：Fef54c3wF
あーやだやだ。最後の調整をしたくっても、
そういう連中に邪魔されると萎えるよなー

58：名無しの冒険者 ID：grKg8l2wx
お互いある程度の範囲で譲り合う方が、
結果的に皆得するんだけどね。時間的にも経験的にも収入的にも

59：名無しの冒険者 ID：gegf8y63r
周囲の物、全部俺の物！　理論な連中はそんなこと考えないわけで
独り占めするのが一番効率良いって考えちゃうんだろうね

60：名無しの冒険者 ID：tt98fd3we
GM さんの仕事が増えそうだわー、これから三か月の間は

61：名無しの冒険者 ID：rfgPge2wC
GM さんがげんなりしてそうだよ、
これから先が思いやられるって頭抱えててもおかしくない

62：名無しの冒険者 ID：FEfe7tr2w
俺達がこう話すだけで思いつくんだから、
実際はもっと山ほど GM コールが増えることになってそうなんだよな

63：名無しの冒険者 ID：JHrgh5feV
GM さんの仕事が過剰にならないことを、素直に祈っておくよ
運営の面子でも GM さんだけは綺麗だから

64：名無しの冒険者 ID：GgwejfW17
それは外見が綺麗って意味で良いの？

65：名無しの冒険者 ID：Gg8uuefxM
そんなわけないでしょ、中身が綺麗ってこと
あの方々だけは鬼畜じゃない、菩薩や

66：名無しの冒険者 ID：Gf54feaCs
うんうん、だから負担はかけたくないんだよねー。でもそうもいかなそう

67：名無しの冒険者 ID：GHRefg5fr
はー、萎えたから引き上げてきた
さっそく出たよ、狩場は俺の物主張野郎

68：名無しの冒険者 ID：efefuvkwe
うげえ、さっそくかよ。そういう奴らが
今後ワンモア世界のあちこちに姿を見せることになるのか……
話を聞くだけでげんなりだわ

69：名無しの冒険者 ID：GEew8f23e
あんまり大きな揉め事を起こさないでもらいたいが、無理だろうねえ

70：名無しの冒険者 ID：HGgers5hw
そういうやつらは、絶対いつか派手にやらかすのが相場だからね……
他の人達に影響がでかい場所でやらかさないでほしいわ
やらかした結果、酷い目にあうのは当人達だけでいいよ……

10

エルフの村を経由し、ダークエルフの街へ到着。そしてダークエルフの谷に降りてきたわけなのだが……

（あっれー？　なんでこんなに人がいるんだ？　しかも殺気立ってる人も結構いるな、一体何があったんだよ……）

ダークエルフの谷を選んだのは、最新の狩場からは遠く外れているから混まないだろうってことと、モンスターの数が多いからって二つの理由あってのことだったんだが……いくつものPT《パーティ》がモンスターの取り合いを繰り広げている。しかも空気がギスギスしてるし……

（もっと奥に行くか。奥もこんな感じだったらどうしよう……ダークエルフの街に引き返して、訓練場で体を動かす他ないかなぁ。でもできれば今はモンスターと戦って、新しい戦い方を少しでも体になじませなきゃいけないんだけどな。とにかく、奥の様子を見てから考えよう）

他のPTの邪魔をしないように注意を払いながらダークエルフの谷の奥を目指す。しかし、進めど進めど人の数が減る気配がない。過去に来たことのない場所まですでに進んでいるんだが、それでもＰＴを組んでいるプレイヤーが尽きない。いったい何がどうなってるんだ……

（これじゃ、狩りどころじゃないぞ。しかも、自分に対してだけじゃなく他のＰＴが姿を見せると、先にいた人達が殺気がこもった視線を飛ばしてくるんだよな。近くで狩りを始めたら、絶対難癖つけられるパターンだよ……引き上げる他ないなぁ。大きく予定が狂ってしまった）

ややげんなりとしながらも来た道を引き返す。無理に狩りを始めて他のプレイヤーと揉めたらつまらない時間を過ごすことになるから、ここは大人しく撤収するしかない。

街まで戻り、適当なベンチに腰を下ろしてため息をつく。もしかしたらこの状態を知る手掛かりがあるかもと思って掲示板を開いてみると……

（あーあー、そういうことか。こりゃダメだ。どこに行っても人がいっぱいになってそうだ。そういえば、エルフの森にもＰＴがひしめき合ってたな……となると、世界全部がこの状況だな。イベント前の追い込みにこれだけの人が躍起になるとは……実際次がラストイベントだから仕方がないのだろうが）

掲示板を閉じて、アクアを頭から膝に下ろしてからぐでえっと脱力し、背もたれに身を預ける。

情けない恰好だなと自分でも思うが、それなりに意気込んでこの場所にやって来たのに、その出鼻を挫《くじ》かれればこうなってしまっても責めないでほしい。予定通りであれば、今頃は新しい獲物を振り回していたはずなのだから。

（腐っていても仕方がないのは分かるけど、これからどうしよう？　今日や明日ぐらいは訓練場にこもるってのもありだが、そのあとがな……魔王領のランダムダンジョンもおそらく入場待ちでぎっちぎちだろうし、「痛風《つうふう》の洞窟《どうくつ》」なんかのマイナーな場所もいっぱいだろうなぁ。あてがないぞ……）

見上げる空は晴天で、時々鳥の鳴き声が聞こえてくる。

「平和だねぇ……」

そんな言葉が漏れるぐらい、今日のダークエルフの街は平穏そのものだった。それ自体は良いのだが、今やりたいことはモンスターと戦って新しい獲物を振り回し、経験を積むことなんだよな。そんな風にだらけた姿を見せていた自分に声をかける人が現れた。

「あら？　もしかしてアース様ですか？　このようなところでそのようなお姿を見せて、何かありました？」

その声に姿勢を正しながら視線を向けると、一人のダークエルフのメイドさんがいた。名前は確か、サーナさんだったかな？　サーナ、シーニャ、スーの三人のメイドさんと一時期一緒に行動したことがあったが、彼女は多分サーナさんだ。

「あー、えーっと。間違っていたら済まないんだが、確かサーナさんだったかな？　かつて谷底で一緒に経験を積んだ……」

自分が尋ねると、頷くメイドさん。良かった、何とか間違えずに済んだようだ。

「お久しぶりですから、お忘れになられるのも無理はないかと。装備がずいぶんと変わられたようですが、雰囲気が同じなので声をかけさせていただきました」

サーナさんの方はそんな感じで自分を覚えていたのか。でもあれから結構いろんなものを見て、血みどろの戦いもしたから全く変わってないということはないはずなんだが……根っこの部分ということなんだろうか？

「そうでしたか。いや、お恥ずかしいところをお見せしました。実は予定が大きく狂って、脱力してしまいまして――」

自分はそこからサーナさんにその予定と、どうして頓挫《とんざ》したのか、今後どうすればいいか悩んでいることを説明した。

話を一通り聞いていたサーナさんだったが、小さく頷くと自分に話を振ってきた。

「それでしたら、一度我が主《あるじ》の家に来ていただけませんか？　アース様でしたら問題ありませんし、もしかしたら少しお力添えできるかもしれません」

ふむ、メイドをいっぱい雇っているあの豪邸に住んでいる人のことだな。久しく会っていなかったし、挨拶に行くのは悪いことではないな。それに、何かしらの方法で力を貸してくれるというのであればなおさら行かない理由がない。自分だけでは今後の予定を立てようにも立てられないから。

「そうですね、ご無沙汰《ぶさた》していますし挨拶に伺いましょう」

「では、ご案内いたしますね」

サーナさんの案内により、久しぶりに訪れるメイド主の豪邸。一応、頭部や顔につける装備品は全て外した状態でサーナさんの後に続く。ドラゴンスケイルメイルのセット効果が消えるので、普段より歩きにくい状態になってしまっているが、まあ仕方がない。

「おお、久しいな。良く来てくれた」

「色々ありまして、飛び回っておりました。以前魔王様が仰った、有翼人の一件に私も関わっておりましたので」

「ほう、それは興味深い。話せる範囲で良いから聞かせてくれぬか？」

急な訪問になったのだが、それでもこの豪邸の主は快く迎えてくれた。その礼とばかりに、有翼人との間でどういうことがあったのか、かいつまんで話していく。

自分の話を聞き終わった豪邸の主は一つ大きなため息をついた。

「そこまで差し迫った状態であったとはな。君をはじめとした勇士達が踏ん張ってくれなければ、我々はこうしていられなかったのか」

今の生活があるのは幸運なのだということを噛みしめるかのように、豪邸の主は何度もゆっくりと頷く。そんな彼の姿を見ながら、自分はメイドさんが用意してくれた紅茶を口に含み、茶菓子を口に運んだ。話が長くなったので、結構疲れたな……

「主よ、よろしいでしょうか？」

「うん、どうした？」

「はい、こちらのアース様は今少々困っておられます。そのお力になることをお許しいただけませんか？」

豪邸の主が落ち着いたところを見計らって、サーナさんがそう口にした。豪邸の主の許可が下りたので、自分はモンスターと戦って新しい戦い方を磨きたいことと、今はどこもかしこも冒険者があふれており、腕を磨く場所がなくて困っていることなどを伝えた。

「なるほど、ならば我がメイドが使っている特殊訓練場を開放しよう。本来は門外不出の場だが、君ならば入れてもいいだろう。あそこならば君の要望を十分に満たせるはずだ。それとしばらくは、ここに泊まっていけばいい。気が済むまで訓練に励んでいってくれ」

何でも、この豪邸の地下にはメイド達に訓練させる場所があるんだとか。で、そこを使わせてくれるんだそうだ。詳しいことは中に入ってから教えてくれるらしい。

「だが、それは明日以降でいいだろう。今日は良く休んでくれ。皆、大事な客人だ。言うまでもないと思うが――」

「「「「はい、最高のひと時と安らぎをアース様に」」」」

ずらりと並んだメイドさん達が豪邸の主に食い気味に、完全にハモって言った。

その光景に僅かだが気おされてしまった。まあ、いいか。ここは素直にこの豪邸の主とメイドの皆さんに頼ることとしよう。それに、門外不出の訓練場だ、ちょっと楽しみでもある。


メイドさんに案内され、一つの部屋に入る。ふむ、落ち着いたいい部屋だ。いくつか置いてある調度品も、どっしりとした感じを受ける。

「こちらの部屋をお使いください。何かありましたら、この備えつけのハンドベルを鳴らしてください。すぐにメイドが用事を伺いにまいります」

メイドさんの差し出してきた小さなハンドベルは銀色に輝いていた。だが、成金的な印象はなく落ち着いた輝きであり、厭味《いやみ》ったらしい感じはしないな。

「分かりました、その時はお願いいたします」

ハンドベルを受け取り、試しに鳴らしていいですか？　と聞いてみたところ、どうぞとのことだったので、軽く振ってみた。ふむ、音はそう大きくないが……何と言うか、耳に長く残りそうな澄《す》んだ音を立てるな。なかなか独特な音だ。

「不思議な音色《ねいろ》ですね」

「ええ、ですのでお呼びになっているということがすぐ分かります」

これなら、大きな音でなくてもメイドの皆さんだったら聞き分けられるだろう。

この豪邸に従事しているメイドの皆さんは、皆一流なのだから。当然、主人や客人のお世話に戦闘関連全てをひっくるめて、だ。

「それでは、わたくしは失礼いたします。ごゆっくりおくつろぎくださいませ」

そう言い残して、メイドさんは出ていった。さてと、今日は早いけどログアウトしちゃおうかな。これ以上やることも思いつかないし、ウィスパーを送りたい相手もいない。ベッドに入り込み、瞼を閉じる。うん、こんな快適なベッドはそうそうお目にかかれないな……


翌日。いつも通りにログインし、メイドさんが用意してくれた食事を豪邸の主といただく。たわいない会話を楽しみながら食事を済ませた後、数人のメイドさんに案内されて豪邸の地下に足を踏み入れた。しっかりとした石壁に木のドアが一つだけある小さな部屋だった。

訓練所はあのドアの先なのだろう。

「では、説明させていただきます。まずはこの小部屋に入りまして、登録を行います。登録が済みましたら、あのドアの先にある疑似迷宮にて訓練が行えるようになります。疑似迷宮内では、あらゆる存在が幻影《げんえい》ではありますが敵として出現します。犯罪者といった人から、ゴブリンをはじめとした魔物などです。何が現れるかは私達も分かりません」

一人のメイドさんから説明を受ける。ふーむ、仕組みが気になるけど聞いても答えは返ってこないだろうな。

「幻影ではありますが、攻撃を受ければ相応の痛みは感じますし出血や毒などの状態異常にもかかります。外の戦いと全く変わらないという心構えで臨んでください。ここでの訓練を甘く見たメイドが命を落としたことは、一度や二度ではありませんので」

なるほどね、逆にその方が自分にとってはありがたい。今まで通りの感覚で戦えるのであれば、十分修業になるだろう。幻影だから攻撃を受けてもダメージがないとかだったら、絶対感覚が狂ってしまうからね。「ワンモア」ではダメージを受ければ痛覚が働く、がルールなんだから。

「もしお望みでしたら、メイドを派遣いたします。前衛後衛、支援に妨害、あらゆる分野のメイドが揃っておりますので、メイド長である私に申しつけくださいい」

ああ、この方がメイド長だったのか。だから他のメイドさんは発言せず控えているだけだったのね。でも、皆ダークエルフの美人さんだから見分けが……このメイド長にしたって、老けている感じは全くない。まあ、それは考えちゃダメだ。女性の年齢に興味を持つとろくなことにならないのはリアルの知識で思い知らされてる。

「分かりました、ありがとうございます。では、さっそく登録の方をお願いします」

自分の言葉にメイド長は頷き、自分を部屋の中央へと案内した。その部屋の中央には隠された魔法陣が存在し、部屋の左側にこれまた隠されていたレバーをメイドさん達が順に引く。すると魔法陣が光を放ち、一瞬自分の体を包み込んだ。その光が収まったところで……

「登録は無事に完了いたしました。ではさっそく使わせていただきます。今後はお好きな時にこの訓練場をお使いください」

「分かりました。ちょっと一人でないとできない訓練を行いたいので」

「それと、メイドの貸し出しは今日は必要ありません。ちょっと一人でないとできない訓練を行いたいので」

自分がそう告げると、メイド長以外のメイドさんは軽く会釈《えしゃく》して下がっていった。メイド長はこの場に控え、万が一があった時は自分の救助に来てくれるとのことだ。

さてと、じゃあさっそく……ドアを開けて中に入ると、そこはあたり一面に草原が広がっていた。

「これも、幻影ってことか？」

しかし足元の草を触ればしっかりとした草の感触があるし、周囲にある木も手触りが普通の木と変わりない。ただ、そんな空間に先ほど入ってきたドアがぽつんと立っているのがなかなか奇妙な光景だな。帰るためにあのドアだけは幻影がかからないようになっているんだろう。

（五感が全部幻影によって誤魔化されているんだな。凄まじく高度な幻覚だなぁ……）

だが、いい加減戦闘に気持ちを切り替えないとな……【レパード】と【ガナード】を鞘から抜き、合体させて【レガリオン】に。まずは軽く素振《すぶ》りで感覚を確かめる。うん、異常なし。ソードモードとスネークモードの両方で振り回してみたが、イメージ通りに振るうことができている。

（あとは実戦でもイメージ通りに戦えるようになるまで、ひたすら振って振って振りまくるだけだな。さてと、反応もちょうど近寄ってきているし……行きますか）

《危険察知》で自分に近づいてきているやつがいることはすでに分かっている。数は七、そして敵の正体はウルフとかの動物じゃない。何せ自分に近寄ってきたが、一定距離で止まっているからだ。こっちが近づいたら不意打ちで襲いかかってくるつもりなんだろう。もしウルフとかの動物系だったら、もうちょっと距離を詰めてくるはず。

一応その反応がある方向とは反対側へ歩いてみると、自分の進行方向に先回りするように反応が動いた。多分、これは盗賊だな。間合いの距離感が、弓の射程内に収まるように動いているんだよね。

こっちが気が付いていないふりをするため、歩く速度を変えず、方向も変えない。そうして反応に近づくと、やはり矢が数本飛んできた。

（予想通り、ってところかな）

ただ、あんまり脅威じゃないな。一本だけ盾で受けたが、それ以外は全部回避できちゃったし。プレイヤーで言えば、駆け出しは脱したぐらいのレベルかな？

矢での不意打ちに失敗して、ぞろぞろと自分の目の前に出てくる相手。ただし出てきたのは五人。残り二人は自分の後ろに回り込むように動いている。

「ちっとはやるな。だが、その盾や弓は良い金になりそうだ。だから俺達がもらってやるよ、お前を死体に変えたあとでな！」

頭にバンダナのような布を巻き、革鎧を着込んで両手に手斧を持った盗賊達のリーダーと思われる男がそんなことを言ってくる。これは、別行動している二人が後方に回り込むまでの時間を稼いでいるんだろう。

「それは困るなぁ、まだまだ死にたくはないんだが」

気が付いていないふりを継続しながら、【レガリオン】を構える。このやり取り中に自分の後ろに回り込んだ二人が、背後から音と気配を殺してじりじりと迫ってきているな。

だが、もうちょっと寄ってくれないと間合いに入らない。

「残念だが、その頼みは聞けねえな。お前ら、やっちまうぞ」

「「「うっす！」」」

他の盗賊達の獲物も、剣じゃなくて手斧なんだな。お互いがお互いを見据えて、いざ戦いが始まると思わせた瞬間に後ろにいた盗賊達が自分に向かって急速に距離を詰めて斬ってくる――ところに、刃をスネークモードにした【レガリオン】を振った。

「な、にい!?」

リーダーらしき男が驚きの声を上げた。無理もないだろう、気が付かれていないと思っていた伏兵が、一瞬で二人とも切り伏せられたんだから。手ごたえはあったし、反応も消えた。間違いなく後ろからやって来ていた盗賊二人は真っ二つだ。

「ばれていないと思ったかな？　話に付き合ったのは間合いに入ってきてもらうためと油断してもらうため。こっちもある程度、盗賊の心得ってものがあるんでね」

それを聞いた盗賊リーダーは、自分の策を読まれていたことと、部下を失ったことで激高したようだ。

「ふざけるな！　お前ら、こいつをミンチにしちまうぞ！　あいつらの敵討《かたきう》ちだ！」

——結果から言うと、まあ、それはできなかった。【レガリオン】のソードモードで戦ったが、大した手ごたえもなく終わってしまった。最後に生き残ったのは盗賊リーダー。もっとも、すでに両足は自分によってぶった切られたので立つことは叶わない。

「賊の終わり方なんてそんなもんだ。あまり長く苦しめる趣味もない、じゃあな」

「ま、待ってく——」

首を刎《は》ねて終わりにした。しかし、こんな場所でメイドさん達は訓練を積み重ねていたのか……

そら生き残れば強くなるよ。

さらにしばらく進んで、この幻影のダンジョンは外の世界と同じと考えなきゃいけないと知った。先の盗賊だけじゃなく普通の冒険者なんかも出てくるので、誰彼構わず戦うようなことはしてはいけない。さらに冒険者に偽装して、不意打ちを狙ってくるなんていう盗賊もいるので油断がならない。まあ《危険察知》のサーチ能力で自分は看破できてしまうのだが。

スキルレベルは上がらないが（幻影だから?）、戦闘を積み重ねることができているおかげで【レガリオン】を振るうためのいい訓練になっている。振るえば振るうほど体になじむので、もうしばらくここで訓練をさせてもらえれば、クラネスさんから伝授された基礎的な動きは完全に身に付く。そこから先は、自分なりのやり方でやっていかねばならない。

（っと、また来たか）

しかしこのダンジョン、盗賊の数が圧倒的だ。あとは魂を悪魔に売った（という感じの言動をしていた）騎士のようなやつらがたまに。動物系やゴブリンといった亜人系モンスターはほとんど姿を見せない。

今近寄ってきている数は五つ。《危険察知》はその敵の内容が騎士だと伝えてきている。【レガリオン】を構えつつ接敵する。情報通り、現れたのは五人の騎士。ただし鎧のあちこちにヒビが入っていたり血がびったびたに付着していたりとまあ実に凄惨なお姿である。リアルで出会ったら大声出して逃げるかへたり込むか、それぐらいあれな見た目だ。持っているのは片手剣か両手剣だ。片手剣持ちは盾を使っている。

「おお、良い贄《にえ》が見つかった。皆、我らが神にあの者を捧《ささ》げ――」

敵を前にしてご丁寧にくっちゃべっているので、【レガリオン】でそいつの首を刎ねた。それにこの手の発言は、かつてゲヘナクロス教国との戦いで相手した連中を思い出させるので、どうにもイラつきが抑えられない。

「お前らの神など知るか。贄が欲しいならお前達がなればいい」

そう言った直後、残り四人の騎士が襲いかかってくる。最初の一人は油断していたから首を刎ねられたが……こいつら結構手練《てだ》れだ。前に二人、後ろに二人という挟み撃ちの陣形を作り上げ、前後から攻撃を仕掛けてくる。だが、こっちの武器の訓練には最適だ。挟み撃ち状態から意図的に脱せず、前の刃と後ろの刃で打ち合いを続ける。

「むう、挟まれても引かずにここまで我らと打ち合うか。皆、良い贄だ。このような人物を捧げてこそ、神はお喜びになる！」

だから贄になんかなるつもりはないっての。後ろにいた一人が、自分の動きを止めようとしているんだろうか？　距離を詰めてきたことを感じ取る。でもそこは、こちらの間合いでもある。【レガリオン】を自分の脇《わき》あたりから後ろに突き入れる。

「馬鹿な……」

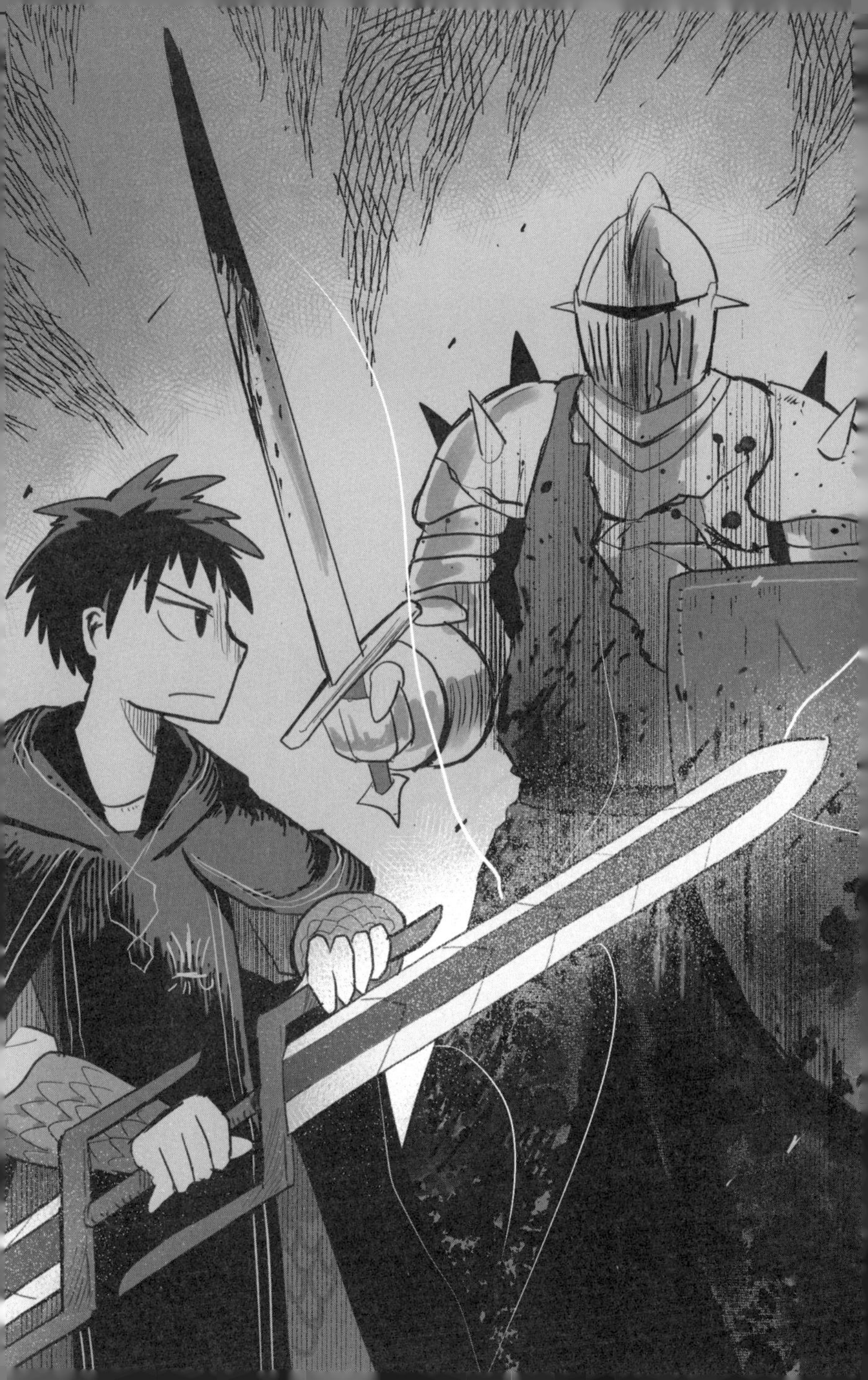

そんな呟きと共に倒れる音。《危険察知》からもマークが消えた。これであと三人か。さて、いい加減こちらもこの打ち合いに疲れてきた。そろそろ防御と反撃主体の動きから攻めに転じよう。

前に大きく踏み込んで【レガリオン】を左から右に、横薙ぎに一閃。騎士達は後ろに下がって避けた……うん、見事にソードモードの刃の僅かに外だ。

「ぐがぁ!?」

「な……に!?」

だが、この【レガリオン】はスネーク・ソードだ。刃を伸ばして回避を試みた騎士達に襲いかからせた。首を刎ねることはできなかったが、前にいた片手剣を使う騎士は右腕を失い、もう一人の両手剣を使う騎士は左手首から先を失った。さらに後ろから迫ってきた騎士に向かって、もう片方の刃もスネークモードにして突き刺すように飛ばす。

「ぎゃあ!」

こちらは急所に当たったようだ。手ごたえからして、多分心臓。それが分かるようになっちゃってる自分ってのがなんともまあ……表現が難しいが、あれだよなぁ。ま、今は横に置いておこう。

まだ戦いは終わっていない。手負いの相手こそが一番恐ろしいのだ。命を捨てて死兵となると、玉砕覚悟の攻撃をしてくるのだから。

「よもや、我らがこうもやられるとは」

「このままでは死ねぬ、このまま死ねば我らの神はお許しにならぬ」

右腕を失った騎士は左手に剣を構え、左手首を失った騎士は両手剣を捨てて、予備の片手剣を右手に持った。うん、この感覚……二人とも突っ込んでくる。まさに道連れにしようという感じだな。

「我が神に捧げます！」

「我が神よ、最後の奉仕をご覧あれ！」

最後の突撃。だが……自分は《大跳躍》で突っ込んできた騎士達の頭上を飛び越えつつ……二人の騎士を一気に断ち切るように【レガリオン】を振り下ろす。【レガリオン】の刃は相手を確実に捉え、その切れ味は二人の騎士の胴体を見事真っ二つに切り裂いた。上半身が地面に落ち、その後に下半身も地面に伏して消え去った。

（よし、終わったな）

クラネスさんの作品である【レガリオン】だ、まともに相手を捉えれば並の鎧などどうなって当たり前だろう。だが、そこに持っていくまでに時間をかけすぎたかもしれない。訓練とはいえ、もっと使いこなせるようにならなければな。イベント開始を迎える前に、という明確な制限時間がある以上、もたもたしてはいられない。

（——時間的にそろそろ引き上げるか。また明日入らせてもらえばいい）

もう少し戦っておきたい気分なのだが、ログアウト予定時間が近いからそうもいかない。それに寝不足は翌日が辛くなるからな……十代の時のような無茶は絶対にできない。寝不足で作業したら、他の誰かを傷つけるどころか命を奪いかねないデカい機械を使って仕事してるんだから、取り返しがつかなくなる事態を呼び寄せかねない。

最初の扉に戻ってくるまでに、数回ほどエンカウントした。ただ最後にエンカウントした相手が、先日介錯して眠らせた五が武に出没するフィールドボス——フェイクミラー・ビーストと瓜二《うりふた》つなのは何の嫌がらせかと思ったが。ただ実力の方は本物に遠く及ばない……十分の一もなかったんじゃないかな？　あっさり倒せてしまって拍子抜けしてしまった。

扉を潜ると、あの小部屋だ。間違いなく今までいたダンジョンは幻影だったのだ……戻ってきたら、体に多少付着した返り血や【レガリオン】についていた血が綺麗に消えている。嗅《か》いでみたが、血の独特な臭いは一切しなかった。

「お帰りなさいませ。なかなか激しい戦いをしておられたようですね」

「分かるのですか？」

「はい、この部屋は登録をするだけではなく、中に入った人の様子を大まかに把握することができるようにもなっているので」

ふむ、ますます興味深いね。でも、質問はしない。メイド長もそれ以上は何も言わなかった。メイド長の後ろをついていく形で地下を出て、風呂場に着いた。

「お望みであれば、メイドに体の方をお手入れさせますが？」

「いえ、それだとかえって落ち着かないので」

風呂場に入る前にそんなメイド長の申し出をお断りしておく。もちろん謎の湯気や謎の光によって見えちゃいけない部分は鉄壁防御されるんだろうけどさ、やっぱりこうね、落ち着かないよね。

正直女性に体をあれこれやってもらうってのは慣れてないと絶対無理だと思うんですよ。

「では、お気が変わりましたらいつでも」

ホホホ、みたいな笑みを浮かべてメイド長は立ち去った。からかわれたのかな？　でもじゃあお願いしますなんて言ったら、本当に用意してきた可能性が高い。

断って正解だよな、風呂はゆっくりとつかりたい。ツヴァイやレイジ、カザミネなんかの気心が知れた相手なら、一緒に入っても良いんだけどな。

「ふう……」

風呂に入ると、ため息が漏れるのはなんでなのか。それはともかく、風呂の温度はちょうどいい。幻影の中とはいえ、切った張ったをしてきた以上疲労はたまる。それを癒すのに、風呂の存在は実にありがたい。湯船に身を任せ、脱力する。

（しばらくはここの迷宮を使わせてもらうか……外はどこもかしこも満員状態のようだし。とにかくここでみっちりと訓練をして、【レガリオン】の扱いを熟達させる必要がある。今日で感じは掴

めた、あとはとことん戦うのみ、だな）
考えが纏まったところで風呂から上がり、自分にあてがわれた部屋にあるベッドに入って今日はログアウト。明日からはしばらく戦い続ける日々の中で己を磨こう。

◆　◆　◆

翌日、ログインするとちょうど「ワンモア」世界では朝だったので、豪邸の主と一緒に朝ご飯をいただいた。パンにスープ、サラダとシンプルなものだったが、美味しかったので何の文句もない。

食事が終わったところで、自分は昨日行った幻影のダンジョンについて、豪邸の主に尋ねてみたいことがあったため口を開いた。あまり質問するのは……とは思っていたが、どうしても一つ気になったのだ。

「すみません、一つだけお伺いしたいことが。先日入る許可をいただいた幻影のダンジョンにて、狂信者らしき騎士達を少し見かけたのですが……」

自分がこう切り出すと、豪邸の主はほう、という感じで少々驚いたような表情を浮かべた。

「珍しいな、そいつらと会うとは。もしくは、そいつらにとって君は良い贄に見えたのかね……まあ、良い。あいつらは過去に実在した狂信者の幻影だな。今からかなり昔だ、この館の先々代が生きていた頃の話となる。どういう連中かは、説明する必要はないだろうな、君が見た通りのやつらだったらしいよ。私も先代から聞いた話だからあまり詳しくは知らんがね」

過去に実在していたから、幻影のダンジョンにも登場するって理屈なわけね……じゃあ、森で出会った敵対的でない冒険者達も、過去に存在していた人々と見るべきだろうな。幻影のダンジョンは、実在した人やモンスターから使いやすい存在を抽出《ちゅうしゅつ》して出現させているんだろう。

「何にせよ、彼らは先々代の時にダークエルフが一致団結して皆殺しにしたから、現代にはいない。安心してくれていい……少々蛇足《だそく》かもしれんが、先々代もその戦いに参加して深手を負ってしまったらしい。何とか一命はとりとめたそうだが、そこから館の使用人を増やして自分の手が届かなくなってしまった場所や、自らの護衛に当てる人数を増やすようになった。それが始まりで、この館には数多くの使用人が務めることが基本となったのだよ」

ああ、メイドさんがいっぱいいるのはそういう理由があったのか……単純に豪邸の主の趣味なのかと思ったよ。余計なことだが、「ワンモア」の終了が告げられて、掲示板で悲鳴が上がったのはこのダークエルフのメイドさん好きが集まってるところだった。

褐色肌《かっしょくはだ》にエルフ耳、そしてクラシックメイド服という組み合わせを好む紳士《しんし》&淑女《しゅくじょ》達が絶叫と怨嗟《えんさ》の声を上げていた。

「このお屋敷にメイドさんが多いのはそういった背景があったのですね。話を聞いてみればなるほど、と思います」

「はは、私の趣味と思ったかい？」

はい、趣味だと思ってました。それが顔に出てしまったんだろうか？　豪邸の主は笑い声を上げた。

「はっはっは、趣味だと思っていたんだろう？　怒りはしないさ、大半の者が最初にそう言うからね。そして言うのさ、羨《うらや》ましいとね。実際何度も我が館のメイドを売ってくれと大金を差し出してきた者はいたよ。皆お断りさせていただいたがね、我が館のメイドは金でやり取りできるほど安い存在じゃない」

豪邸の主の表情には、ここだけは譲らないという意思が見て取れた。メイドさん達の主としても、そういった信念はしっかり持っているんだな。

「まあ、話が盛大にずれてしまったが……とにかく、幻影のダンジョンに姿を見せる者は皆過去の存在だ。どんな存在が現れようが、気にすることはない。現れた者達にどういう対応するのかも自由だ、好きにしてくれ。まあ、君なら凶行に走るようなことはあるまいが」

ゲヘナクロスよりはるか昔にもそういうやつらがこの世界にいたってことと、彼らは完全に過去の存在になっていることが分かればこちらとしては十分だ。話をしている内に食休みも済んだので、そろそろダンジョンに入ることにしようか。

「お話をしてくださり、ありがとうございました」

「気にしなくていいさ、また何か疑問に感じたことがあれば、私かメイド長に聞いてくれればよい。話せることであれば話そう」

豪邸の主の前から失礼し、メイドさんの案内に従って幻影のダンジョンへ。

中に入ると……ふむ、今日は石造りの壁で通路が仕切られているオーソドックスなダンジョンのようだ。入るたびにランダムで異なるダンジョンが生成されるってことで良いな。これなら、毎回新鮮かつ警戒しなきゃいけない……メイドさん達の訓練にはもってこいだな。

周囲に罠《わな》がないことを確認してから移動を開始。道なんか分からないんだから適当に進む。しばらく歩くと、《危険察知》に反応が。しかしその反応先が……壁だ。どうやら、壁に擬態《ぎたい》しているミミック系のモンスターのようだ。こちらが気付かずに近寄りでもしたら、倒れてきて押し潰す算段なのかな。

(まあ、位置さえ把握できれば引っかかることはないんだが……逆に分からなければ恐ろしい相手だな)

〈盗賊〉スキルに感謝しつつ、気が付いていないふりをしながら擬態している壁の近くまで速度を落とさずに歩み寄って——間合いに入ったらすかさず一閃。手ごたえは、硬いという感じはしなかった。オークを切った時に似ているな……少なくとも石とか金属を切った時に感じる手ごたえじゃない。

「グギャアアア⁉」

なぜ分かった、と言いたいのか？　もしくは単純な悲鳴か。どっちかは分からないが自分に切りつけられたことでモンスターは大きな悲鳴を上げた。そこに追撃を二回、三回と叩き込んでいく。

【レガリオン】の火力の高さもあってか、あっさりと壁に擬態していたモンスターは息絶えて消滅する。

（ふうむ、あっという間に終わったな。不意打ちに特化しているパターンなのかね？）

何にせよ、反応は消失した。だから死んだふりをして周囲の壁に再び擬態しているという可能性はない。擬態系モンスターは探知系能力がないと面倒な相手よなぁ。でも、こういうやつが存在するダンジョンだということは分かった。ならば注意のしようはいくらでもある。

再び前進するが、すぐさま次の反応が。ただ、敵対的な反応ではない。冒険者の幻影かな？　数は五つ。この先に見えているT字路を曲がれば会うことになるだろう。でも出会う必要性を感じないのでそちらには行かない。そのまましばらく一本道な直線通路を歩いていると、前方に反応。これは、オークとオーガの集団かな、数は七。オーガが二、残りはオークという反応が出ている。周囲に擬態しているモンスターの反応はない。

（一本道での戦闘か……オークを一体か二体、弓で間引いておくか。ぎゅうぎゅう詰めになったら、

【レガリオン】が振るいにくくなるしな)

久々に【八岐の月】を左手に取り、矢を番《つが》える。放った矢はまだこちらに気が付いていなかったオークの脳天を貫通した……矢を受けたオークはゆっくりと崩れ落ちて消滅する。攻撃を受けて焦ったのか、オーガとオークの集団は慌ただしく態勢を整えた……が、頭部がお留守になっているオークに矢を放つ。そのオークも、先ほど倒れたオークと同じような形で消滅した。

「ガッガ！　ウガアウガ！」

「フゴフゴフゴ！」

ようやく自分の存在を捉えたようで、オークを先に走らせる形でこちらに詰め寄ってくるオーガとオークの混合集団。自分は【八岐の月】を背に収めて、【レガリオン】を手に取る。その後は間合いを見計らって、スネークモードにした【レガリオン】の刃をオークの首めがけて真横に振るう。

「フガ！」

が、不意打ちじゃなければこの程度の攻撃など容易《たやす》い、と言わんばかりにオーク達は全員が持っていた剣や盾、両手剣で【レガリオン】の刃を受け流して自分の首を護る。なるほど、腕はかなり立つらしいな。それでこそ修練になるというもの。っと、ここでオーガが馬鹿でかい剣をオークとオークの合間から自分に対し突く形で攻撃してきた。

自分は【レガリオン】をソードモードに戻してこの突きを受け流し、対処する。パワーはあるが、スピードはそこそこ止まりだったからできたことだが。

「ガアア！」

「おいおい、そう簡単にことが進まなかったからって激高するなよ……」

先ほど繰り出してきた突き攻撃に自信を持っていたんだろうか？　自分にすんなり処理されたことが気にくわないようで、オーガの顔が赤く染まる。もう片方のオーガが嫌そうな顔をしたのは気のせいだろうか？　そんなことはどうでもいいか、まずはオーク達を倒さないとな。

オーク達は手にしている剣や両手剣、盾も鈍器《どんき》として攻撃を仕掛けてくる。ふむ、パワーは流石にオーガに劣るが技量はオーク達の方があるんじゃないだろうか？

オーク達が技で自分をけん制して動きを鈍らせ、そこにオーガが持ち前のパワーで倒すってのがこの集団の狙いなのかもしれない。

(が、こっちだっていくつもの戦いを潜り抜けてきている。今さらこの程度で手こずってはいられない！)

まずは両手剣を使うオークの首を飛ばした。こいつの技量が低いってわけじゃなかったんだが、やっぱり両手剣は攻撃を外せば隙ができる。なので、攻撃を誘って外したところに【レガリオン】を一閃した。残り二匹のオークはどっちも片手剣と盾という手堅いスタイルなので、隙が少ない。

オーガからの攻撃もあるからね。

なので、次の標的は最初に自分に対して突きを繰り出してきたオーガにした。オーク達の攻撃に足を止めたふりをして、再び突いてきたところに《大跳躍》で回避と接近を同時に行う。

馬鹿でかい剣で力を込めた突きを放った後に、一瞬で体勢を立て直すなんてことは不可能だ。その硬直を逃さず、首元めがけて【レガリオン】を振るう。首が宙に舞って、これで残りの敵は三。

確実に数を減らされたことで、ついに向こう側に焦りが出た。動きに精彩を欠き、無駄が多くなる。そうなれば、【レガリオン】の刃が相手の防御を潜り抜けやすくなる。確実にオークの隙を突いて嫌らしくダメージを与え、片手剣と盾を持ったオークの片割れが地に伏せた。ここまで来てやっとオーガが積極的に前に出て馬鹿でかい剣を振り回す。だが……その大振りのせいで巻き添えを避けるためにオークが近寄ってこられないので、数の優位が活かせていない、下策だ。

「動きが大雑把すぎるぞ、お前よりもオーク達の方がはるかに厄介だった！」

「ガッ⁉」

パワーがあっても力任せの大振りな剣技なんかそうそう当たるもんじゃない。そりゃいつかは当たるかもしれないが、そのいつかが来る前にこっちの致命的な攻撃が当たる方が早い。【レガリオン】のスネークモードでオーガの腕を切り裂いて、アームブレイク状態に陥らせる。

ご自慢の剣が、地面に落ちた……ところでなんとオーガが逃げ出した。もちろん逃がさず脳天をぶち抜いて倒した。

「ブギ!!」

最後の一匹となったオークだったが、彼は逃げずに戦うことを選択したようだ。まあ、逃げれば脳天をスネークモードの【レガリオン】でぶち抜かれるってことを知ってしまったから、逃げようがないとも言えるのか。再び剣を交えるが……やっぱり最初とは違って動きが鈍くなっている。恐怖に支配されかかってるってことなんだろうか。

「が、情けは無用」

せめて、変に苦しませないようにと、片手剣を振ってきたところを下からかち上げて相手の体勢を崩し、狙って首を飛ばして終わりにした。

ふむ、最初にオークを二匹削ったが、もし彼らが健在で襲ってきたらもっと苦戦したかもな。良い判断だったのか否かは分からないが、考えても仕方がないか。先に進もう。


しばらくダンジョンを進んで分かったのは、このダンジョンは擬態と人型のモンスターをメインに据えた形を取っていることだ。擬態も壁だけじゃなく、床や天井、酷い時は部屋そのものにまで化けていた。《危険察知》なしで見破れる自信がないよ、部屋型のは。

もう一つ分かったことは、このダンジョンに出てくる人型モンスターはゴブリン、オーク、オーガの三種。そして特徴があって、純粋なパワーならオーガ、オーク、ゴブリンの順。その一方で剣術とか盾術とかの技量の高さはゴブリン、オーク、オーガの順だ。自分にとっては、技量の高いゴブリンの方が厄介に感じる。

持っている武器もオーガは両手剣か両手斧ってところなのだが、オークは剣に槍、鞭に大太刀も使いこなす。さらにゴブリン達は弓、スネーク・ソード、短剣や剣の二刀流といった装備まで使ってくる。こういう連中が徒党を組んでいるので、必ず初手は弓でゴブリンかオークの数を減らすことを心がけた。

一度真っ向勝負でゴブリン四、オーク三の徒党と戦ったが凄まじく苦戦した。オークの攻撃をサポートするようにゴブリンの短剣投擲《とうてき》や短弓による矢の射撃、鞭やスネーク・ソードの癖の強い差し込み攻撃などがひっきりなしに飛んでくるのだ。ある程度の被弾は避けられず、防具の質が悪ければ死に戻りしただろう。

(昨日よりずっとハードだな。このダンジョンは入った人間のレベルなどをある程度調べて、難易度を調整しているのかもしれない。幻影だから、それぐらいはやってきても不思議じゃない)

一つの徒党を撃破し、一息つく。時間は……結構経っているな。そろそろ帰り始めた方が良さそうだ。周囲のチェックを怠らずに帰還するために歩き出した自分だったが、突如悲鳴が聞こえてきた。

(なんだ!?　この悲鳴は人の悲鳴だ！　だが、周囲に反応はない……一体これはなんだ？　トラップか？　それとも本当にピンチを迎えている集団がいるのか？）

今回は回避しているが、幻影の冒険者と思《おぼ》しきPTがこのダンジョンにいる姿は何度も見ている。

それらのPTも《危険察知》でマップ上で確認できるのだが、今、この瞬間マップ上に確認できるPTは存在しない。ついでにゴブリン達のような人型モンスターも擬態しているモンスターもいない。

しかし、悲鳴がまた聞こえてきた。悲鳴の聞こえ方から方向を掴み、そちらに向けて歩を進める。

悲鳴は男性のものと女性のものが混じっているが……あ、マップに反応が。人と思われる反応が三、モンスターと思われる反応が六。かなり押されているな……いや、すでに数人死んでいる。このダンジョンにいた他の幻影の冒険者達は最低でも五人、多い時は八人で行動していたはず。

（最低でも二人、多ければ五人が骸《むくろ》になってるわけか……）

一応擬態しているモンスターの存在も疑ったが今回はなし。となると、純粋に押し負けたのかな。

急いで現場に向かい、到着した自分が見たものは血まみれで倒れている人が四人、その彼らを庇《かば》うように必死に盾で防御し、片手でも使いやすいように改造された槍を振り回す戦士が一人。その戦士を支援しながら片手斧を振り回すローブ姿の人が一人。

反応からして、倒れている四人のうち三人はすでにこと切れている。唯一生きていると思われる人に向かって、自分はポーションを投げて回復。幻影に効くかは分からなかったが、ポーションを浴びた人物は起き上がった。

「支援に感謝する、済まないがそのまま手を貸してはくれまいか？」

「承知した！」

相手はゴブリン二、オーク二、オーガ二の徒党か。戦いに加わる前にちらりとだけこと切れた三人の様子を確認すると、体を潰されている。この場で鎧姿の冒険者をこんな風に殺すことができるのはオーガしかいないだろう。

「まさかこんな場所に援軍⁉」

「一人だけ⁉　いや、一人でこのダンジョンに挑める時点で強いのか⁉」

「今の我らだけでは勝てん！　逃げることもできん！　来てくれた彼を信じる他ないのだ！」

戦い続けていた二人からは疑うような声が飛んでくる。一方で回復したナックル使いらしき彼は、自分に己の命を賭けるようだ。なら、期待に応えたくなるのが人情というもの。

片手槍と盾を持っている戦士を狙ったオーガの振り下ろし攻撃を、勢いが乗る前に弾き返して体勢を崩し、そこに追撃の一発をくれてやる。オーガの胸に深い傷痕《きずあと》がクッキリと刻まれた。

「ガアアアアア!!」

その痛みで悲鳴を上げながら、さらにのけぞるオーガ。そこにスネークモードにした【レガリオン】で首を刎ね飛ばす。よし、イメージ通りの動きができた。

「オーガの首が飛んだぞ⁉」

「なるほど、頼もしい援軍ということでよさそうだ！」

二人から向けられていた疑いが、期待へと変わったのを感じる。手のひら返しが早いだろうとは言わない、この場を凌《しの》げるのなら利用できるものは何だって使うのが冒険者ってものだろう。何にせよ、生き延びている三名の士気は上がったようである。

が、敵もさる者。防御主体に切り替えてきた……特にゴブリンの防御が上手い。

こちら側の攻撃をことごとく盾で受け流す。その後ろから槍持ちのオークや両手剣持ちのオーガがちょっかいをかけてくるので気が抜けない。連携の練度も非常に高い……間違いなく今日一番の強敵だ。

「こっちもできることをするか……」

自分は背中に背負った【八岐の月】を左手に持ち、【レガリオン】を右手に持つ。【八岐の月】を弓ではなく、先端につけた四つの爪をメインとして使うことで疑似的な二刀流というわけだ。刃は前後についているから、普通の二刀流よりはるかに物騒《ぶっそう》だが。さっそく【八岐の月】をゴブリンめがけて振るう。

今度も盾で防いでくるゴブリンだったが、爪で引っかくように攻撃をする【八岐の月】による攻撃はシールドの縁にある盛り上がった部分に引っかかった。そのまま力ずくで振り払うと、耐えきれなかったようで盾を手放した。そのゴブリンを護ろうと後ろにいたオークが槍を突き出してきたが……盾を失ったゴブリンの頭に別の方向から槍が突き立つ。片手槍の冒険者の一撃だ。

「手ごたえあったぞ、敵の壁が一枚剥《は》がれた！」

間違いなく即死だろうな。見事に脳天を突き刺しているから……槍が引き抜かれると、力なく倒れてゴブリンは姿を消した。

そこからはこちらの攻めがよく刺さるようになってきた。盾持ちゴブリンは必死で後ろを護っているのだが、槍持ち冒険者と自分の攻撃を防ぎきれていない。

さらに盾ゴブリンの動きを制限するように、ナックル使いの冒険者が攻撃を加えて妨害《ぼうがい》している。

先ほどまでは向こうに盾が二枚あったから、妨害してももう一枚の盾に防がれていたが、今は一枚しかないため、自分達の攻撃を通してしまっている。

「受けてみろ！」

ローブを着た冒険者の持つ片手斧が投擲され、オークの頭部に深々と突き立った。オークは悲鳴を上げることすらせずにそのまま地面に崩れ落ちて消滅、これで相手は残り三。

と、ここで生き残っているゴブリン、オーク、オーガは大きく後ろにバックステップした。見事な息の合いようで、彼らが後ろにスライドしたと言われても納得するほどだ。

そのまま彼らは逃げ出した。槍持ちの冒険者が追うような動きを見せたので、自分は遮《さえぎ》るように

【レガリオン】をその冒険者の前に突き出した。

「何をする⁉」

「追うな。自分や生き残っている仲間の息がもう上がり切っていることにすら気が付けないのか？」

そこでようやく気が付いたんだろう。自分自身が荒い呼吸をしていることに……そして自覚したとたん、よろよろと崩れ落ちて床に座り込んだ。

「そのまま呼吸を落ち着けるといい、周囲への警戒は自分がやっておく」

そして数分後、落ち着きを取り戻した彼らは仲間の亡骸《なきがら》の前で涙を流した。しかし、丁重に弔《とむら》う術《すべ》はない。この場に置いていく他ないのだ。

剣などの使える装備だけは回収し、死体は放置される——なぜか、この幻影のダンジョンでは蘇生薬もなければ、五分経ったら体が消滅するというルールも働いていないようだ。

「——遅くなったが、支援に感謝する。我々だけでは全滅していただろう」

ローブ姿の冒険者がそう言って頭を下げてきた。今さらだが、このローブを着た冒険者は女性だった。だが、悲鳴を上げたのは彼女ではないそうだ……死体の中に二人、女性がいた。そのどちらかのものだったんだろう。断末魔《だんまつま》だったのかもしれない、だからこそ、良く聞こえたのかも……

「偶然悲鳴を聞いてやって来ただけだ、気にしないでいい」

たまたま聞こえる範囲にいただけだからねえ……にしてはかなりの距離があったが。これもまた、このダンジョン特有の仕組みの一つなのか？　まあ、確かめる手段はないけど。

「いや、そういうわけにはいかねえ。お前さんが来てくれなかったら、俺達は全員ここで終わっていたさ」

「その通りだ、本当に感謝する」

ナックル使いと片手槍使いも、そう言って頭を下げてきた。なので、その感謝を素直に受けた。

さて、それはそれでいいとして、今後はどうするんだろうこの三人。彼らは幻影のはずなので、自分が帰る場所とは別だよなぁ、彼らの目的地は。ここでお別れしても別に良いと言えば良いんだが——それは流石に、ちょっと、ねえ？

「そして申し訳ないのだが、ダンジョンの出口まで一時的にＰＴに入ってもらえないだろうか？無論、相応の礼はする」

まあ、そうなるよね。今さらだが、彼女達はこのダンジョンを幻影ではなく本物だと思っているのだろう。幻影としてそのように作り出されているのだ。

彼女達は六人ＰＴで入ってきたものの、現在は半数が死亡して人数が半減。戦力も半減……どころでは済まない。だったら少しでも臨時の戦力が欲しいと考えるのは当然だ。

「——出口まで付き合えば良いんだな？」

「やってくれるのか、恩にきる」

こうして、このダンジョンにおける彼らにとっての出口にたどり着くまで、臨時のＰＴを組むことになった。さて、どれぐらい時間がかかるかな（汗）

出口を目指して同行することになったわけなんだが、さっそく問題が。戦いが終わったことで火事場の馬鹿力状態が終わったのか、緊張の糸が切れたのか……生き残った面子の怪我の状態がちょっとやそっとでは済まないほど酷くなっていたことが判明した。

まず片手槍を使っていた戦士だが、右腕がかなりまずい状態。正直こんな腕でどうやってさっきまで槍を振るっていたんだ？　と疑問符が浮かぶぐらいに。急いでポーションを用いた応急手当てをしたが、すぐに回復はしない模様。幸い左手は何とか無事なようで盾が持てるだけましか。

次にナックル使い。両腕が完全にいかれていた。さらにそんな状態でさっきまで戦っていたわけで……時間をかけて治療をしなければいけないレベルになってしまっていた。というか一部指の骨が露出していたし……なので彼も戦うことは難しい。回避と移動くらいしかできない状態だ。

最後に斧を使っていた女性だが、彼女が一番軽傷だった。しかし、左腕が上がらないらしく……右手と一本の片手斧だけで出口までどうにかしなければならない。正直、この三人だけだったら脱出は絶望的だっただろうなぁ。

「治療ができる人員が真っ先に奇襲を受けてやられてしまったんだ……クソッ、あいつが生きていればもうちょっとマシな状態まで回復できるってのによ……」

「嘆《なげ》いても仕方がねえぞ。ここで貴重なポーションまで使って回復させてもらっただけでもありがたいってことを忘れんな」

ナックル使いと槍使いがそんなやり取りをしている。

ヒーラーを真っ先にやられるって一番ダメなパターンじゃないか。どういう状況でオーガ達に襲いかかられたんだろう？　ちょっと想像ができない。

「一つ質問なんだが……そういったモンスターの位置を大体でも把握できる人とかはいなかったのか？　このようなダンジョンでは、そういった技術職が一人はいないと辛いんじゃないか？」

この自分の質問に、三人ともそっと目をそらした。おい。それじゃ奇襲を受けるのも当然じゃねえか……単純な火力と回復力だけガン積みして突撃するような戦い方をしていやがったな、こいつらは。

「し、仕方がないんだ。そういう技術職にはこちらが寝ている時にものを盗んで逃げるようなやつもかなり交じっている。本当に信用できるやつを見つけるのは、困難を極めるんだ」

片手斧使いがしどろもどろになりながらも反論してきた。ああ、それはあるか……賊なのか生き延びるために技術を覚えているのか、ぱっと見じゃ見分けがつかないもんなぁ。それにある程度信用を得るように活動しておいて、ある時ぱっと貴重品を盗み出して雲隠れするってパターンもあるな。

「まあ、言いたいことは分かる。でも何とか見つけないと……《ガトリングアロー》」

【八岐の月】を取り出して矢を乱射。ここからは護衛が目的、修業は二の次にするべきだ。なので、こちらに気が付いてはいなかったが近寄ってきているゴブリン三匹とオーク三匹を容赦なく射殺。【八岐の月】の火力をはじめとした性能のおかげで、このレベルの相手を殲滅《せんめつ》させることはそう難しくない。

「……モンスターの接近に気が付けないぞ。かなり致命的な問題だと思うけどね」

自分は《危険察知》で分かっていたが、ここにいる三人は誰も気が付いた様子がなかった。うーん、やっぱりこういった探知系は必要だよなぁ。

「もう新手が来てたってのか……」

「無事に出られたら、探すしかねえな」

「こうも見せつけられたら、認めざるを得ないか……助言に従うことにしよう」

反応は三者三様だが、理解は得られたようだ。そろそろ、ダンジョンの出口を目指して行動を開始することにしよう。

「できる限り戦闘は回避して脱出することを目指す。やむを得ない時にのみ戦うが、それもできる限り先ほどのような形で近寄られる前に弓で殲滅して終わらせる。でも万が一があるかもしれない。

その時は、自分の体は自分で護ってほしい」

「「「了解」」」

モンスターに不意打ちをさせるつもりはないが、擬態のトラップとかがあるからな。だからこうやって先に言っておいた方が良いはず、だ。

ようやく前進を始めた臨時PTだが、モンスターの数が多いな……というか間違いなく護衛を始めたら新しく増やしただろこの数は！　幻影のダンジョンは自分に護衛を失敗させたいってことか。

護衛任務ってのは難しい。今回はまだこっちの言うことを聞いてくれるからマシな方なんだが、それでも護らなきゃいけない人がいるってだけで普段通りに動けなくなるため、かなりの制限を受ける。だからこそ、腕利《うでき》きが抜擢《ばってき》されるもんなんだが、この場には自分しかいない。だから自分がなんとかしないと――よし、前方にいた集団は全員射殺。不意打ちに対する警戒心が低いおかげで、弓での暗殺が良く決まる。

「――素晴らしい弓だが、腕前も素晴らしいな。仲間になってほしいぐらいだ」

「確かに、理想的じゃないか？　魔物の居場所を探知できて、弓による遠距離攻撃で処理できる」

「そういうやつを探してみるか……」

後ろからそんな言葉が聞こえてくるな。しかし、もうちょっと緊張感を持ってほしい……なんてことは言わない。彼らは彼らでできる限り周囲を警戒していると分かるし、過剰な緊張は体を硬直させ、かえってピンチを招く。ほどよく軽口をたたき合えるぐらいがちょうどいいのだ。流石に敵が近い時はお喋りはしないでもらいたいが。

歩を進めることしばし、厄介な場所に出た。壁に擬態しているやつが数匹いる。しかもこの場所は一本道なので迂回《うかい》もできない。やるしかないわけだが……先に護衛対象にやることを伝えておいた方が良さそうだな。

「ちょっと聞いてほしい。この道の先に、壁に擬態している敵が数匹存在している。一本道だから戦うしかないわけだが……もしかすると、矢などの飛び道具に耐性を持っている可能性がある。その場合はある程度引きつけてからの近接戦闘になるが、そうなったら少し引いたところで防御態勢を取っていてほしい」

何せ壁、だからな。矢とか投げナイフとかに耐性を持っている可能性は考えておくべきだろう。まあ、ダメなら矢を替えるだけなんだが……一応、警告はしておいた方が無難だよね。

さて、始めるか。一番近い場所にいるやつを狙って……放つ。矢は狙い通りに飛んだが、効きが良くない。やっぱり耐性持ちか。

さらにこの一矢《いっし》で擬態していた他の連中も自分を敵と見なしたようで、擬態をやめてこちらを押し潰すべく迫ってくる。なので矢を替えて……久しぶりに番えるのは【試作爆裂矢《しさくばくれつや》】。アイテムボックスでずーっと眠っていたこいつだが、今が出番だろう。さて、放って当てた結果は……轟音《ごうおん》と共に壁に擬態しているやつが木っ端《こっぱ》みじんになった。

ここまでの轟音が出たのは、【八岐の月】の特殊効果で【試作爆裂矢】の幻影が七つ発射されたことが原因だ。つまり一気に八本分の爆発があったのだから、音がでかくなるのも仕方がないことだろう。だが、その音に見合うだけの威力はあるな。このまま残りもぶっ壊してしまおう。

「あんな矢もあるのか」

「管理が難しそうだな」

「そもそも作り方が想像つかねえ……」

戦いのあとのご感想がこれであった。まあ、自分も試作品のまま次を作ろうとはしなかった矢だからなぁ。でも、こうして役に立つこともあるな……修業が終わったら、最終イベント開始前に少し研究して試作の名前を取るぐらいには仕上げてみてもいいかもしれない。

音によっていくつかのモンスターの集団がこちらに向かってきていたが、一本道を駆け抜けた後に後ろに向かって適当に爆裂矢を放ち、遠くで轟音を上げさせた。その音に反応して移動する連中に出くわさないよう道を選んで進み、何とか撒《ま》けた。ちょっと行き当たりばったりだったが、三人には計算の内と言っておく。うん、知らなくていい事実ってのはいつの世の中にもあるからね。

「あと少しで出口のはずだ……」

「これほどまでに太陽の光が恋しくなったことはないな」

「ゆっくり休みたいぜ……そのあとで腕の治療だな……」

その後は特にこれといった問題も起きずに、順調に進むことができた。戦闘も全て回避でき、自分達を追跡するような動きを見せるモンスターも確認できない。彼らを出口まで導いたら、自分もさっさと入ってきた扉まで戻って休むことにしよう。結構時間も経ってるからねえ、ちゃんと寝ないと翌日がまずいことになる。

そうして、ついにその瞬間はやって来た。

「外の光だ、ようやくたどり着けた」

「長かったな、いや本当に長かった」

「全滅寸前から、俺達三人だけとはいえ……よくも生還できたものだ。ここまで護衛してくれたお前さんにはいくら感謝しても足りんな」

やっと、このダンジョンの出口に到着した。だが、自分はここから出ることはできないようだ。

やっぱりあの扉から帰らなければいけないってことなんだろう。

「俺達はこのまま街まで引き上げるんだが、お前さんはどうする？」

「自分はもう少し修業するために、ダンジョンに残りますよ」

まあ、実際はさっさと例の扉から外に出て、寝たいってだけなんだけど……修業って言っておいた方が納得してもらえるだろうからそういう風に伝えた。

「じゃあ、ここまでか。本来なら金なりなんなりお礼の品を渡さなきゃならんのだが」

「うーん、そうですね。もしこの先あなた達みたいに苦戦しているPTを見つけたら、今回の自分のように手助けしてやってください。それが報酬で良いです」

彼ら自身も幻影だし、彼らにもらったものも幻影なので、このダンジョンから持ち出すことはできない。こういう形で収めるのが一番無難なんじゃないかなと。

「分かった、今後はそうすることにしよう。今回は本当に助かった、感謝する」

「それでは、失礼する」

最後に三人と握手を交わした後に、自分はダンジョンへ、三人は外へ。もう会うことはないだろうな。この幻影が生み出すダンジョンは毎回形だけでなく場所や出てくる存在が全て違うから。

さて、自分もとっとと出口に向かおう。なるべくモンスターとの戦闘は避けて、移動する。

残念ながらどうしても進行方向上回避できない、という理由で数回モンスターと戦ったが、【八岐の月】による狙撃を交えた戦闘方法で手早くカタをつけた。もうリアルでは午後十二時を回っている。早く寝ないと明日の仕事がまずい。なので遠慮も出し惜しみもなしである。

それでも距離と戦った回数から考えればかなりの短時間で扉の前に到着した。周囲の様子を確認してから扉を開けて、ダンジョンから脱出する。

扉の先の小部屋ではメイド長が待っていた。

自分は用意された館の部屋に向かう途中で、ダンジョン内で三人の生き残りを脱出させるために行動していて滞在時間が長くなったことを大雑把に説明しておく。

「そのようなことがあったのですか。私も数回ほど、同じように護衛を務めた経験がございます。突発的な状況に直面しても冷静に対処し、護衛対象を無事に護り切ることもまたメイドに必要な能力ですから、良い経験になりましたが」

やっぱりここのメイドさんはおかしい。でも、それぐらいの心構えができているメイドさんなら、館の主も心強いってもんだろうな。

話をしている内に部屋に着いたので、中に入ってそのままベッドに。やっとログアウトできる……翌日、起きるのが大変に辛かったということだけは言っておこうと思う。

11

再び「ワンモア」にログイン。今日は短めに切り上げたいかな……そう考えつつ部屋の外に出るとメイドさんに食事の場へと案内された。豪邸の主は、今日は用事があってメイド長をはじめとした数人を護衛に連れて外にいるため不在なのだという。

「アース様からの要求にはできる限り応えろとお言葉をいただいております。何かありましたら……」

「そうですね、ではちょっとお話を伺いたいのですがよろしいでしょうか？　このお屋敷の地下にあるダンジョンでの体験についてなのですが」

そう話を振ってみると、メイドの皆さんから出るわ出るわ……メイド長や自分も経験した突発的な護衛に始まり、ある程度攻略していたらダンジョンが突如崩壊し始めて死に物狂いで脱出しただとか、新人が罠を一つ起動させてしまったら次々と周囲の罠も起動して死ぬ一歩手前までいっただとか、扉を開けて中に入ったとたん扉が消えてモンスターハウスがいきなり展開されただとか……

「絶対あのダンジョンを作った人は、性格が悪いですよ！」

「私達が右往左往する姿を見て楽しんでいるんでしょうね」

「確かに良い経験になることは事実なのですが、少々、いえかなりムカツク時が多い……あ、今の言葉は忘れてくださいまし」

とまあ、ダンジョンに入って苦しんだうっ憤《ぷん》を晴らすかのようにメイドさん達が喋りまくる。気持ちは分かるよ、話の中には思わずうわぁと声を漏らして同情してしまったものもあったし。部屋に入ったとたん閉じ込められて、パズルを解かなきゃ全員がプレスされる罠が容赦なくやってきてたなんてのは流石に酷い。

「むう、あのダンジョン……もしかしてある程度中で経験を積んだらより凶悪なものになるようになっている、とかですかね？」

メイドさん達は完全に一致した動きで頷いて肯定した。見事なシンクロぶりだ……この場にはメイドさんが十人以上いるのに、全くずれがなかったぞ。

「修業目的もありますが、メイドとしての仕事で大きな失敗をした場合に投げ込まれるお仕置き部屋としての役割もあるんです……」

なんてことをあるメイドさんが口にする。そっかー……だからメイドさんの目が死んでいるんだな。皆、投げ込まれた時のきつさが脳内でフラッシュバックしているのだろうということは容易に想像がつく。嫌な話を振っちゃったな、メイドの皆さんごめんなさい。

「なるほど、大体わかりました。じゃあこの話はここまでということで……あとは、そうですね……そうだ、このあたりの最近の流行りってありませんかね？　食べ物とか服とか」

新しい話を振ってみると、メイドの皆さんの目に光が戻ってきた。

良かった、本当に良かった。この場にいるメイドさん全員の目が死んでハイライトが消えてるのってすごく怖い。その恐怖の時間が終わってくれてほっとした。

「そうですね、食べ物と言えば……揚げ物でしょうか？　揚げたての美味しさと、噛んだ時の食感が良いということでかなり広まってますね」

「以前の揚げ物は何だったのか？　という感じですね。確かにあのザクッとした食感を知ると、べっちゃりとしていた揚げ物は見向きもされなくなりましたね」

へえ、揚げ物か。話から察するに、べっちゃりとしたものが今までの常識だったところに、カラッと揚げてザクッと食べられる揚げ物が入ってきたってことか。

「野菜があんなに甘くなるとは思いませんでした」

「毎日は少々問題ですが、七日に一回ぐらいなら食べたいですね」

「でもあそこまで美味しく揚げられる手法が分からないんですよね、私達が研究してもあんなに美味しくならないんですよ」

ふむ、誰が作っているのかは知らないが……もしプレイヤーが作っているとしたら、現実の手法に「ワンモア」でしかできない方法を組み合わせている可能性がある。そうなるとちょっとやそっとの研究では再現することは叶わないだろう。

「服はそうですねえ……私達の服がいまだに根強い人気を誇っているようです」

「色を変えたり、スカートの長さを変えたりはしているようですが」

「特に男性が伴侶《はんりょ》に着てほしいと願うこともあるそうでして」

あ、メイド服人気はいまだ衰えずなのね。掲示板の方でもたくさんのメイドスキー連合が天国だと評し、「ワンモア」が終わる発表がされたとたんに楽園が失われると阿鼻叫喚《あびきょうかん》になっていたそうだからなぁ。その後はこの楽園を楽しめる時間を大事にするって方向になったらしい。

で、この楽園を汚《けが》そうとするやつらは許さないということで、彼らはこのダークエルフの街中で自警団を結成している。そして犯罪者を見つけ次第お仕置きをして（その内容は想像にお任せする……）、ダークエルフの長《おさ》に突き出している。おかげで治安が格段に良くなったとダークエルフの長は喜んでいる、なんて情報もあったかな。

そんな感じで和《なご》やかな会話をしているだけで、今日のログイン時間は終わってしまった。少々問題かも、とも思ったが、メイドさん達からもあまりあのダンジョンに入れ込みすぎるとよろしくないので、休息はとっておいた方が良いですと言われたので良しとした。

明日からまた潜ればいいや……

◆　◆　◆

翌日、幻影のダンジョンに入るべく扉を開けると……あたり一面が白銀の世界でした。

こう来たか……周囲の風景を見渡して……多分ここは雪山だな。雪で足が取られる上に、出てくるモンスターはそういったハンデなしでこちらに襲いかかってくるはず、だ。

多分ウルフなんかがメインじゃないかな……その手のモンスターは数が多いことも間々ある。

少々厄介な相手となるだろう。

それだけじゃない、派手に爆発させる攻撃をやってしまうと雪崩《なだれ》を引き起こしかねん。雪崩に巻き込まれたら、十中八九即死判定を食らうだろうな。【強化《きょうか》オイル】や【試作爆裂矢】なんかは使用禁止だと考えておくべきだ、自殺行為になる。

（難度の上がり方が、ちょっと急激すぎませんかね……雪山って難所なんだよなぁ……）

雪が積もっているから、そこに足場があるとは限らないのも怖いところ。ゲームで雪山が出てくると、氷が張っていたからその上に雪が積もっていただけという天然の落とし穴が仕掛けてある可能性がそこそこある。悪趣味なゲームならその仕掛けの確率は跳ね上がる。

そんな中で歩を進め、モンスターと戦わなければならない。今まで以上に慎重になる必要がある……《危険察知》が、自然環境が生み出す罠にも反応してくれるのかも不明だ。今までの歩き方ではダメだな。【ガナード】を引き抜き、スネークモードにして周囲の雪を軽く払ってみる。

（さっそくあったよ……氷の強度はどんなものか……自分の体重を支えられるほどの耐久性はない、と）

右斜め後ろに、危惧していた氷と雪の天然落とし穴があった。《危険察知》は一切反応していなかったので、この天然の罠は自分の目で見抜かなければならないことは確定。早めに知れてよかった。【ガナード】には申し訳ないが、雪を払う役目を果たしてもらおう。【レガリオン】にしてしまうと、スネークモードで雪を払うという動きがやりにくいし。

雪を払いながら進むことしばし、《危険察知》に三つほど反応が。でも、敵意はない様子だな……

そして人間でもない。一定距離を保っているな。ここを縄張《なわば》りにしている動物か何かだろうか？

まあ、いい。襲ってこないならこちらから攻め込む気もな──いや、別方向から敵意を持ったやつが接近してくる、狙いは自分……じゃなくて、自分と一定距離を保っている三つの存在のようだ。

（どうする？　三つの反応は気が付いていない様子だが、自分が動けば余計に注意を向けられてしまわないか？）

そう悩んでいる内に、敵意のある反応──数は七つだな、それらが最初の三つの反応の後ろを取って、包囲するような陣形を敷きながら近寄ってきていると《危険察知》が伝えてくる。

どうしようかと、自分が決めかねている内に七つの反応が三つの反応に急接近。襲いかかったのか!?

「ギャイン!!」

「ギャルルルル!!」

悲鳴と妙な咆哮《ほうこう》が聞こえてきた。放置するのは躊躇《ためら》われたので、雪をはねのけて足場を確認しながら現場に向かう。たどり着いた自分が見たものは、銀色の毛を血で染めた三匹の狼。

そしてその狼達より一回り大きく、三本の尻尾《しっぽ》を持つ六本足の狼？　と表現するのは少々無理のあるモンスターの姿だった。三匹の狼達は明らかに一方的に不利な状況であり、あと数分で殺されてしまうだろう。

「ギャル？」

「ギャルルルルン！」

銀毛の狼達を追いかけながら攻撃を加えていた七匹の――六足《むつあし》と仮に呼称するか。六足達が自分に気が付いたようだ。そしてすぐさま自分に対して敵意を剥き出しにしてきた。すぐに【レガード】を鞘から引き抜き、【ガナード】と合体させて【レガリオン】にする。

それを戦いの開始の合図と見たのか？　一匹の六足が自分に向かって飛びかかってきた。なんて跳躍力だ、十メートル以上距離があったのに一瞬で詰めてきた！

「ふん！」

「ギャル！」

自分の【レガリオン】による迎撃は、六足の前脚についている爪によって防がれた。この手ごたえ……やつらの爪は並の剣よりはるかに硬く、耐久性に富んでいることを理解させられた。まさか、【レガリオン】で切れないとは……一方で向こうも飛びかかりからの強襲を防がれたことに不満なようで、唸《うな》り声を上げている。

「ギャルル！」

「ギャル！」

「ギャルルッルルン！」

どうやら、六足に脅威と見なされたらしい。狼達を相手にしていた六匹のうち四匹が自分の方にやって来てあっという間に包囲してきた。最初に対峙《たいじ》したやつも含めて五匹に囲まれたことになる。

だが、向こうの狼達はこれでかなり楽になっただろう。あとは自分の方がしっかりと片をつければいい。

「――ギャァ!?」

「舐《な》めてかかったな？」

自分のほぼ真後ろにいた六足が飛びかかってきたが……【レガリオン】の後ろの刃によって貫かれた。《危険察知》がある自分にとって、後方は死角とはならない。それに今まで戦ってきた経験も合わされば、これぐらいのことをやるのは難しくない。飛びかかる速度は、最初の一匹で学ばせてもらっている。予想範囲内の速度だった。

【レガリオン】の後ろの刃で貫いた六足の体を、遠心力を活かして前方にいる三匹の前に投げ捨ててやった。胸元から大量の血を流している姿を見ればすぐに分かるだろう、もう助からないということは。獲物だと思っていた相手に一撃で致命傷を負わされる。それが自分を包囲している六足達に動揺を与えたようだ……一歩引くような動きを見せた。

「隙あり！」

そんな怯《おび》えから来る行動を見せたら、こちらとしては逃すわけにはいかない。【レガリオン】をスネークソード状態にして周囲にいる六足達に対して切りつけた。自分に飛びかかってきたやつだけは何とか反応して回避したようだが、他の三匹は【レガリオン】の刃の餌食《えじき》となり、激しく出血しながら雪の上を転がる。

「――なるほど、お前がこの集団のリーダーか」

今傷つくことなく自分の前に立っているこいつが、間違いなく七匹いた六足のリーダー格だろう。最初に【レガリオン】の刃を弾き、回避したこいつは明らかに他のやつらより強い。ちらりと狼達の方を見ると、血まみれになりつつも必死に応戦している姿が見えた。早めに目の前にいるこいつを倒せれば、向こうも助けられるかもしれない。

「ギャルルルルル……」

仲間を倒されたことに対する怒りか、それとも再び飛びかかってこちらの喉笛《のどぶえ》を切り裂くために力をためているのか。唸り声を上げる六足のリーダー格と、無言で【レガリオン】を構える自分は、ほぼ同時に前に向かって飛び出し、交差する。手ごたえ、あり。

後方で、何かが落ちた音が聞こえた。振り返ると、胴体を真っ二つにされた六足のリーダー格の姿があった。

「ギャ――ル……ルゥ……」

唸り声がすぐに小さくなり、《危険察知》からも反応が消えた。間違いなく倒した。狼達はどうなった？

「ガルルルル!!」

「ギャ、ギャルル!?」

リーダー格が倒されたことで、六足の残り二匹は混乱しているようだ。体格に劣る銀毛の狼は最後の機会とばかりに流れる血をものともせず六足に襲いかかる。その結果、六足達は逃げ出し、銀毛の狼達は勝利の咆哮を上げ……その後に崩れ落ちた。

慌てて倒れた銀毛狼達に近寄ってみたが……まさに瀕死。放置すればあと一分足らずで息を引き取るだろう。幻《まぼろし》と言われればそれまでなのだが、そう割り切って捨てることは自分にはできない。

ひとまずの応急処置として、ものすごく久々となる〈風魔術〉の中に唯一存在する回復方法である《ウインド・リカバー》を唱えた。

（少しだけ、マシになったか……）

小範囲ながらも範囲回復であるおかげで、三匹共、瀕死状態から重症状態まで改善された。文字にすると全然改善された気がしないが、とにかく多少ではあるが呼吸などが戻ってきている。それからさらに二回、クールタイムが過ぎ去ったら即座に《ウインド・リカバー》を唱えることで、何とか立てる状態まで回復させることができた。

魔法の腕がいいミリーやエリザなら、一瞬で完全回復させられるんだろうが、自分ではこれが精いっぱいだ。とにかく、何とか立てるようになった三匹の銀毛狼達は、よろよろとしながらも歩き出す。帰るんだろうか？

そう思っていたら、三匹の中の一匹が自分の足に軽く噛みついた。噛みついたと言ってもそっとくわえる感じで、痛みはない。噛んだ狼は、自分を少しだけ引っ張るような動きをする。ついてこい、と言いたいのだろうか？　先を行く狼達のあとを追うように歩き出すと、そいつは噛むのをやめた。どうやらそういうことらしい。

雪山を、三匹の銀毛狼と共に歩く。移動の途中で数回《ウインド・リカバリー》をかけたおかげで、彼らの足取りはすでにしっかりとしたものに戻っている。いったいどこに自分を連れていくつもりなんだろうか？　一応木の枝を折って目印は作っているから、帰り道に迷う心配はない……吹雪《ふぶ》かない限り、という条件がつくけど。

とにかくついていくと、やがてそこそこ大きな穴の前に着いた。ただし人が立って入れるほどの高さはなく、四つん這《ば》いなら十分進める、という感じだ。狼達のねぐらなんだろう。

普通はこんなところに人を案内するはずはないと思うのだが、案内したからには相応の理由があるはず。なので四つん這いで彼らの尻尾を見ながらあとを追う。

時々銀毛狼が自分がついてきているか確認するためか、後ろを振り向くことが数回あった。

この穴は結構長いな……これなら熊《くま》なんかは入ってくることは難しいだろう。棲《す》み処《か》にするにはいい条件が整っているな……と、ようやく四つん這いではなく立ち上がれる広さのある場所に出た。

天井には光を発する苔《こけ》がついているおかげで、そこそこ明るい。暗視能力に頼る必要はない。

奥から五匹の銀毛狼が現れて自分を威嚇《いかく》するような体勢を取った。いきなり襲いかかってこなかったのは、自分の近くに三匹の銀毛狼がいたからだろう。彼らがいなければ寝床を脅かす外敵として、躊躇いなく襲ってきたはずだ。

「グル……」

「ヴァウ？」

「ワフワフ」

「グルル」

狼達同士で何らかのやり取りが行われ始めた。自分を連れてきた三匹が、仲間に何か説明をしているんだろう。とりあえず邪魔せず静かに待つ……多分一分ぐらいのやり取りの後、奥からやって来た五匹が警戒を解いた気がした。こちらが変なことをしなければ襲われる心配はなくなった、と見ていいかもしれない。

「ワフ！」

なんとなく、ついて来てくれというニュアンスの吠え声に頷き、先を行く三匹のあとを追う。奥からやって来た五匹の内一匹は奥に消え、残り四匹は自分の左右に二匹ずつ陣取る形で移動している。

そうしてたどり着いた先には、ここに連れてきた三匹の大体五倍ぐらいの大きさの銀毛狼が座っていた。その周囲にはたくさんの銀毛狼が忠犬ハチ公の銅像のようなポーズで控えている。

（人の子よ、我が仲間が世話になったようだな。まずは礼を言わせてもらう）

男性の声で、自分の頭に念話が届く。目の前のどでかい銀毛狼からの念話なんだろう。

「たまたま、手を貸す形になっただけです。お気になさらず」

自分の言葉を聞き、少しだけ首を左右に振るどでかい銀毛狼。

（普通は捨ておくだろうよ。まあ、奥ゆかしいと考えれば好ましい考えではあるがな。受けた恩義に対し、何もせずに帰すのは我らの名折れ。何か入用なものがあるのだろう？　そうでなければこの時期にこんな厳しい場所まで人の子が足を踏み入れることはあるまい）

雪山ですからね、普通は立ち入るべきではないところだ。だからこそよっぽどの理由があると判断されても当然だろう。

「間抜けなことを申し上げますが、実は私は自分の修練のために偶然ここを訪れました。ですので、何かものを求めて山に入ったというわけではないのです」

ポカンとした表情を浮かべるどでかい銀毛狼。まあ、普通に考えたらたわ言ですよねえ……雪山ってのはそれだけ厳しい環境であり、命を失う可能性が高い。そんな場所に修練に……それも偶然なんて言われれば、そういう顔をするだろうよ。

（なんともまあ、人の子の中にはたまにとんでもない者がいるが……お前もその一人であったか）

その感想にちょっぴり涙が出そうになってくるがここは抑える。

ともかく、一つ聞いておくか。

「それはとりあえず横に置かせていただいて。襲ってきた六本足の狼……正式な名など知りませんが、彼らは一体何者です？　あなた方と比べると、あまりにも荒々しく、そして好戦的です。しかし、飢《う》えている者に見られる、とにかく何でも良いから口に入れたいという狂気も感じませんでした」

あの六本足の狼？　について、情報を仕入れておきたい。気になったから、というだけなんだけど……何かいい情報が聞けるかもしれないからね。

（あやつらか、あやつらとはもう長い間争っている関係だな。好戦的で、かつ残忍《ざんにん》だ。弱った相手をいたぶってから殺すというやつも多い。お前がいてくれなければ、先の三匹も散々玩具《おもちゃ》にされて殺されていただろう……しかし、我々も縄張りの確認と、僅かでも食せるものを探すのは避けられん仕事だ。だが、今回は敵の数が多い。普段は向こうも三匹前後で行動するのだが、何かあったの

かもしれん）

たまたまなのか、それとも数を増やす方向にしたのかは分からない、と。そして銀毛と六足は敵対状態にあるってことか。

（しばらくこちらも数を増やすしかなかろうな……縄張りの確認に行って帰ってこない者が増えてしまうのは困る。そういった情報を得られたのは非常に大きいな……しかし、その恩に対する礼が思いつかん。本当に修練以外に望むものはないのか、人の子よ）

うーん、そう言われてもこの場所は幻影だから何かをもらっても持ち出せないと思うんだよね。持ち帰れるのは経験だけ、まあその経験こそが今一番欲しいものなんですが。

「お礼の言葉もいただきましたし、それでもう十分ですよ」

だから、こう言う他ない。だが、どでかい銀毛狼は考え込み始めてしまった。

お礼なんて本当に要らないんだけどな……でも、どでかい銀毛狼にとっては沽券にかかわるのかもしれない。とりあえず、少し待つか。時間的にはまだ余裕があるからね。

長考したのち、どでかい銀毛狼はこう自分に問いかけた。

（一つ確認をしておきたい。人の子よ、お前の修練とは命のやり取りでなければならぬか？　血で大地を染め、命の奪い合いをしなければならぬか？）

その必要はないね……正直もうスキルレベルが上がる上がらないとかはどうでも良くなってきて

いる。あくまで今は【レガリオン】を十全に使いこなせるようになることが最優先。だから戦ったことがなかったり、手ごわかったりする相手とぶつかって、ひたすらに自分自身の技術のレベルを上げたい。

「いいえ、あらゆる場所であらゆる相手と対峙したいという欲はありますが、命の取り合いをする必要性はないです。六本足の狼？　も、こちらを襲ってきたから迎撃しただけですから。まさか命を取りに来た相手まで殺すな、とは仰られないでしょう？」

自分の返答に、どでかい銀毛狼はゆっくりと頷いた。

（うむ、命を取りに来るのであれば逆に取られても致し方あるまいな。良く分かった、ならばお前の望みを叶えられる場所に心当たりがある。案内役を出そう、その場所に導くように指示を出しておく）

とのことで、五匹の銀毛狼の案内のもと、その場所に到着。だだっ広い広場のような感じで、地面に積もった雪以外何もない。

「ここで間違いないのか？　あるのは積もった雪だけなんだ……が……」

自分が声を出してから数秒後に、地面に積もった雪が集まって雪だるまになった。そこからさらに雪の手が生え足が生え、ゆっくりと立ち上がった。その雪だるまは一体だけではなくあちらこちらから次々と生まれてくる。それだけでは終わらず、四本足の雪だるまとか、巨大な雪だるままで出現した。

雪だるま達は雪を操って剣、槍、斧、弓、爪つきのナックル、二刀などのプレイヤーが用いる武器を手に持ち出した。四本足の獣型雪だるまは、両手両脚から氷の爪を生やしている。雪しかなかった広場は、大量の雪だるま達が武器を持ってこちらを見るという異様な場所へと変わった。

「なるほど、この雪だるまの皆さんと訓練をしろ、とあの方は言いたかったわけだ。こちらとしては望むところだ。こんなに大勢の相手を一気に相手取って戦えば、嫌でも【レガリオン】の扱いに慣れることができる。できなければ、ただただ袋叩きにされるだけだな」

まさに望むところというやつだ。この機を最大限に活かそう。

自分の声にその通りだ、と言わんばかりに案内してくれた銀毛狼の一匹がオン、と吠えた。

よし、じゃあ残りの時間はここで目いっぱい戦っていこう。

「案内に感謝する。そして、皆はもう帰っていいよ。あとはひたすら戦っているだけだから、待っているのは退屈だろう」

自分がそう告げると、銀毛狼は皆帰っていった。その後ろ姿を見送った後、大勢の雪だるまの方に足を向ける。さて、言葉が通じるのかは分からないが挨拶は大事だからな……

「少しの間、手合わせを願います。よろしくお願いします」

そう雪だるま達に告げて頭を下げる。顔を上げると、雪だるま達は手に持った武器を前に掲げていた。どうやら、向こうも自分に敬意を示したということなんだろう。さて、これで挨拶も済んだ。【レガリオン】を構えると、雪だるま達も武器を構え直す。これで不意打ちにもならない。自分は一気に前に駆け出した。

雪だるま達の初手は、剣持ちと槍持ちの二体らしい。立ち塞がった氷の槍を持つ雪だるまが自分に対して突きを繰り出してきた。マズい、かなり速く鋭い。速度を落として、左手の盾で何とかやりすごす。そこに待ってましたとばかりに、氷の剣を持った雪だるまが袈裟切りの形で自分に向かって刃を振り下ろす。

この攻撃は【レガリオン】で受け流せた。直後、槍持ちが再び突きを繰り出してきたが、最初の突きに比べると速度が遅い。体を少し傾けて回避し、槍に【レガリオン】を合わせた。切られた槍の穂先が宙に舞う——が、槍持ちに対する追撃はさせぬとばかりに、剣持ちが次の一太刀を自分に振り下ろしてくる。こっちはさっきよりも速い！　右手の盾を使って受け流して対処した。

防御している間に槍持ちはすぐに下がってしまい、前に出てきたのは氷の斧を持った雪だるま。すでに大上段に斧を構えており、こちらに走り寄って振り下ろしてくる。まともに受けるのがまずいのは当然だが、近距離で地面に足をつけままではダメだ。あの質量が振り下ろされて地面に叩きつけられたら、振動で足がもつれる。

できるだけ引きつけて、斧持ちの雪だるまの振り下ろし攻撃を後ろに飛び跳ねながら回避。叩きつけられた斧が轟音を上げながら、地面の雪を火山の間欠泉のごとく高々と舞い上がらせた。振動もかなりのもので、近距離にいたら間違いなく足を取られていただろう。

剣持ちがすかさず追撃を仕掛けてくるのは予想がついていたので、余裕を持って対処できた。頭部を狙って剣で突いてきたのだが、自分はこれを首を捻って回避しつつ斧持ちに接近。

斧持ちの斧を【レガリオン】で叩き割る。さらに後ろから迫ってきている剣持ちを【レガリオン】の後ろの刃で突くことでカウンターを狙う。

硬いものにぶつかった手ごたえからして、氷の剣で受け止められたのだろう。だが、振り返ると氷の剣には無数のヒビが入り、もう使いものにはならないだろうということが一目でわかった。

向こうも同じ考えだったようで、少しだけ頭を下げたあとに後ろに下がる。次に前に出てきたのは四本足の獣型雪だるまと、そのやや後ろに陣取る弓持ちの雪だるまだった。

獣型が一気に走って距離を詰め、飛びかかってくる。【レガリオン】で反撃しようとしたが、悪《お》寒《かん》を感じて左に思いっきり跳んだ。地面を転がったあとに立ち上がると、自分がさっきいた場所に氷の矢が三本ほど突き立っている。獣をけしかけ、自分は後方から……テイマーとアーチャーの組み合わせの基本行動だ。

（基本だが、やられる側になると厄介だな。素早い獣に対処するだけでも結構大変なのに、そこに弓による遠距離射撃が交ざるんだから。当然獣に食いつかれて押し倒されたらほぼアウトだし、矢

が手や足に深く突き立てば攻撃や移動が困難になる。狩り人の基本となるだけの理由がある）

【八岐の月】はあるが、今の目的はあくまで【レガリオン】の扱いを磨くことだ。前のダンジョンでは人命救助を優先したために使ったが、今は自分一人。本当のぎりぎりを迎えるまでは【レガリオン】一本で立ち回るべきだ。雨龍師匠や砂龍師匠なら、間違いなくそう言うだろう。

とはいえ、厄介なことに変わりはない。矢がひっきりなしに飛んでくるため常に気を張っていなければならないし、矢の対処にばかり気を向ければ獣型に喉元を食い破られかねない。なので今は我慢比べのように耐えながら、獣型を確実に削っていく他ない。爪、腕、頭部などにこちらの反撃の傷痕はしっかりと刻まれているから、あと少しのはずだ。

コツコツと攻撃を積み重ねていたが、ついに反撃の一撃が、獣型の頭部に直撃。雪だるまなので頭部が壊れただけだが、死亡扱いということなのかピクリとも動かなくなった。これでやっと弓型と一対一の勝負ができる。それに弓は長く使ってきた相棒、サシの勝負ならば――

（踏み込むべきタイミング、回避に専念する状態。やられたら嫌だなと思うことをやればいい。長らくこの世界で弓を使ってきたんだから、そのあたりは嫌ってほど知っているさ）

踏み込み、回避し、再び踏み込む。距離を詰められた弓型は弓を振り回して一種の槍に近い使い方をしてきたが、動きは拙《つたな》いと言わざるを得ないな。【レガリオン】で弓を持っていた左腕を切り裂くと動きを止めて、こちらに会釈。参りましたということなんだろう。なので自分もそれ以上の追撃はしなかった。

しかし、雪だるまはまだまだいる。お次は大太刀持ちと槍持ちが出てきた。

さて、訓練を続けよう。雪だるま達全員に勝つか自分がぶっ倒れるまで。

最初は同時に二体ずつと戦っていたが、それがいつしか三体に。それからややあって四体に——それだけでなく、雪だるま一体一体の攻撃が最初と比べれば一目瞭然と言っていいレベルで鋭くなっていた。当然回避しきれるわけもなく何度も被弾し、ポーションも複数消費している。そもそも今の装備がなかったらとっくにHPが尽き、地面に倒れて動けなくなっていただろう。

鋭い痛みが、鈍い痛みが、熱い痛みが、体の内に響く痛みが何度もやって来る。だが、その痛みを感じるほどに自分の精神が研《と》ぎ澄《す》まされていっていると実感していた。

必要最低限の、多少のダメージなら食らってもいい。直撃だけは避けて反撃するという文字通りの肉を切らせて骨を断つ戦い方が急速に身に付きつつあった。

それだけではなく、明鏡止水の精神状態にも変化が表れた。深いところは無理だが、一定の浅めなところまでなら、ここまで激しい戦いをしながらでも集中できるようになりつつある。そう、激しい戦いをしているのに心の中が妙に穏やかという奇妙な状況になっていた。だが、そのおかげで攻撃するべき、回避や防御をすべき、ポーションを使うべきタイミングを逸《いっ》することがない。

（いい、実にいい！　この雪だるま達は、最初にこちらの実力に合わせるためのギリギリのラインを推《お》し量《はか》っていたんだろう。で、ここまでならやれると判断して調整し、自分が慣れてきたら四体まで増やして戦うようになったと見た。そのギリギリのラインを攻めてくるからこそ、自分がより強くなるために必要なことが理屈じゃなく直感で分かる！）

一回回避するごとに、一回攻撃を繰り出すごとに、果てにはポーションを飲む動作をする時すら、一手前の自分より強くなっていると感じる。気のせいなのかもしれないが、回避しきれず攻撃をもらっても、次は同じ攻撃を回避できるようになる。当たらなかった攻撃が次では当たる。ポーションを飲む動作を止められても、次は止められずに飲み干せる。

動きが、変わっていく。今まで蓄積してきた修業の経験が一気に花開くようだ。

ついに同時に戦う雪だるまの数が五体になった。こうなれば完全に包囲された状態で戦うことになる。最初は何回も被弾しＨＰをゴリゴリ削られたが……一分、二分、三分経つごとに回避し、盾で受け流し、反撃することができるようになっていく。

気持ちがいい、これが成長しているということか！　なんて快感だ、さっきできなかったことが今はできる、それはここまで気持ちのいいものなのか！

（来てよかった、本当に来てよかった。こんな快感があるなんて！）

気持ちは最高潮に達していた。こんなに喜びを感じたのはいつ以来だろうか？

しかし、だからといって舞い上がってはいない。喜びに震える心と、冷静に相手に対処する心が分離せず、自分の中で見事なほどに調和しているのだ。奇妙すぎる心境だが、それすら気持ちがいいと感じてしまう。

まるで夢の中にいるようだ。自分の体とは思えない。映画のヒーローのように【レガリオン】を振り回しながら攻撃を弾き、かいくぐってきたものは盾で防ぎ、要所要所で反撃を差し込んでいく。

そうだ、かつて皐月さんが自分の体を動かして、フェイクミラー・ビーストを手玉に取った時のような感覚じゃないか、これは。だが、今回は自力でその時と同じようなことをやれている、だから快感を覚えるのか。

同時に五体を相手する、という普通なら絶望的な状況なのに恐怖を全く感じない。敵の攻撃を見切ることが、いなすことが、反撃することが、イメージ以上に上手くいく。上手くいくからさらに良いイメージが浮かび上がる。好循環だ、こんな時間ならずっとずっと続けたい！

だが、何事にも終わりは来る。目の前にいた雪だるまを【レガリオン】を突き刺すことで崩壊させたその時、全ての雪だるまは崩れ落ちていたのだ。

あれだけいた雪だるま全てと、自分は刃を交わし、戦い抜いたのか……時間を確認すると、すでにログアウトすべき時間が迫ってきていた。一時間以上、自分は夢の中にいたのだ。

それを自覚したとたんに、体中から感じる疲労。だが、その疲労に身を任せて大の字に寝っ転がるわけにはいかない。寝っ転がるならベッドの上じゃないとな……雪だるま達の残骸に向かって深く一礼し、来た時よりも重くなった足で入ってきた扉を目指す。銀毛狼の穴まで戻り、そこから折ってきた木の枝の目印に従えば迷わないし、吹雪いてもいないから視界もいい。

そうしてあと少しで扉のある場所に着くといったタイミングで、六足の団体さんと出くわしてしまった。まあ《危険察知》で接近してくることは分かっていて、戦いになったらなったでいいやと思ってあえて逃げなかったというのが本当のところだが。

何で逃げなかったのか、なんて理由は一つしかない。

「「「ギャルルルル!!」」」

最初からたけり狂っている六足。ふむ、自分が仲間の六足を殺した仇《かたき》と認識しているんだろうか？ 逃げたやつが自分のことを教えて集まったか？

そんなことを飛びかかってくる三匹の六足相手に考えながら——【レガリオン】を振り抜いた。六足達は全て一刀両断。雪だるま達の攻撃に比べればはるかにぬるい。

「ギャル!?」

「ギャウウウウ!!」

仲間が一刀両断されたことで驚いたやつがいたようだが、多分リーダーと思われるやつが吠えて落ち着かせていた。容易くやれる相手じゃないと改めて認識したのか、自分を遠くから取り囲んでじりじりと間合いを詰める形にしたようだ。間合いを詰めて詰めて……前にいる連中が自分の注意を引くべく威嚇をしたところで、背後の六足達が飛びかかってくる。

「悪いが、遅い」

「ギャ!?」

飛びかかってきたのはまたも三匹。三匹で攻撃を仕掛けるというのが六足達のやり方なのか？

何にせよ、素早く二回突いて二匹を始末し、最後の一匹は回避して後ろ姿を晒《さら》したところを真っ二つにさせていただいた。こうした飛びかかり攻撃は確かに脅威なんだが、回避されたあとのフォローが利かんよな。

「「ギ、ギャルルッル……」」

早々に六匹もの仲間が消えて、残った六足達に怯えの感情が見え始める。吠え声もそうだし、自分から離れたそうな動きを見せている。

リーダーがまだ健在故に逃げ出さないんだろうが……ああ、もういいか。雪だるまとの戦いでどれだけ自分の戦いが良くなったのかも確認できたし、リーダーを討ち取って終わりにしよう。

「――そらっ！」

「ギ!?」

【レガリオン】の先端をスネークモードにして伸ばし、リーダーと思われる六足の脳天を貫いた。

そして刃を引き戻せば、ゆっくりとその体は雪の上に崩れ落ちる。分かりやすいだろう、お前達のリーダーは今死んだのだ。

「「「ギュ、ギャルルル⁉」」」

その後は実に分かりやすい結末を迎える。我先にと六足達が逃げ出したのだ……もちろん追うつもりはない。こちらもとっとと帰りたいし、雪だるま達の修練によって得たものの確認も済んだ。これ以上やる理由はどこにもない。もうさっさとログアウトして、リアルで寝たい。

――その後、六足達は性懲《しょうこ》りもなく何度か自分の近くにやって来た。が、自分がそこにいることは分かっているぞ、と視線を向けてにらみつければ不意打ちができないと察して撤退していった。

敵討ちをしたいからこそ何度もやって来るんだろうが……先に手を出したのはそっち側なんだよな。それで恨《うら》まれても、とは思ったが。

まあ、何とか扉に到着して開ければいつもの豪邸の地下室だ。やっぱりほっとするな、安全な場所に戻ってくると。

いつも通り、そこにはメイド長がいた。しかし、今日は何か普段と様子が違う。

「主が大事なお話があると仰られております。どうかお時間をいただけませんか？」

ログアウトしたいんだが、お世話になっているここの主がそう言うのであれば無視することはできない。メイド長のあとについていくと、豪邸の主の執務室らしき部屋へと通された。

「お客様をお連れいたしました」

「うむ、ご苦労。済まないね、大切な話があるんだ。とりあえずそこの席に座ってほしい」

その言葉に従い、大きな椅子に腰を下ろす。うん、流石いいもの使ってるな……メイド長は自分の前に紅茶と少々のお菓子を置いたら部屋から退出していった。

「さて、大切な話と言ったが……単純なことだよ。今日をもってあの幻影のダンジョンへの立ち入りを禁止させてもらうよ。ああ、安心してくれ。君が悪いというわけではないんだ……あのダンジョンの仕組みを多少話させてもらうよ」

事前の予想通りではあったが、豪邸の主によると、あのダンジョンは入った人の潜在能力によって内容が変わってくるらしい。で、大体仕上げの段階に入ると火山か雪山が出てくるようになっているのだそうだ。

「まさかこうも短時間で雪山まで行くとは思わなかったよ。だが、君は分かっているはずだ。入る前と今では自分の強さが全く異なるものになったということに」

思い当たる節しかないので、自分は素直に頷いた。

「うちのメイド達も、火山か雪山を経験すると一気に強くなったからね。君もそうであるということは容易に想像がつく。だからこそ我が家のメイドには精鋭が揃っているんだが」

この豪邸の主に仕えているメイドさんはそういう選抜を通過してから、主に仕える仕事に本格的に就《つ》く形を取っているのだそう。それまでは見習い扱いか……かつて一緒に冒険したサーナ、シーニャ、スーの三人のメイドも、当時はこのダンジョンの火山か雪山を突破していなかったから見習いだったんだな。

「確かに厳しい戦いを強いられました。だからこそ、乗り越えた今は強くなれたとはっきり口にできます」

「はは、そうだろう。メイド達も皆経験したあとにそう言うよ」

豪邸の主は微笑んだ。何にせよ、これで幻影のダンジョンに潜るのはお終いか。あとは狩場が空いてくれることを祈るしかないんだが……掲示板を見ても、人がいっぱいすぎて狩れないみたいな話ばっかりなんだよなぁ。まあ、明日のことは明日考えよう。

館の主に頭を下げて部屋を退出し、借りている部屋に戻ってスキルの確認。

(うーん、どのスキルも全く上がっていないな。幻影だから戦ったことにはならんと？　でも、明らかに強くなったはずなんだよな……数字に表れない部分を上げたってことになるのかね？　まあいい、今日はもう寝る。ログアウトだログアウト)

こうして、この日のゲームプレイも終わった。明日からどうするかな……

12

翌日、ログインして朝の食事を豪邸の主と共にゆっくりと食していると、にわかに外が騒がしくなってきた。

「朝食の時間に、ずいぶんと騒がしい。無粋《ぶすい》な連中でも来たのかな？」

豪邸の主の口調や声色は変わらないが、少々目がぴくぴくと動いてイラつきを漂《ただよ》わせている。確かに、落ち着いた朝食の時間には似合わない騒がしさだ。ややあって、落ち着いてきたようだが。

とにかくその後は朝食を食べ終わり席を立ったところで、一人のメイドさんが自分に向かって会釈をする。なんだろ？

「アース様、お客人が来ております。今は食事中であるとお伝えしてお待ちいただいておりました。お食事も済まされたようですので、ご面会をお願いいたします」

自分に、客？　来る人に心当たりがないなぁ……でも、不審者だったらメイドさん達が叩き出すはず。そうしないということは、会っておいた方が良い人ってことだろう。

「分かりました、案内をお願いします」

豪邸の主に軽く会釈をして挨拶をしたあと、自分はメイドさんの案内に従って客人が待っている部屋へと移動した。その部屋の中にいた人物とは。

「よう、アース！　久しぶりだなあ！」

「ゼイ、もう少し声の音量を下げたらどうなんだ……アース、済まないな。朝食を食べている可能性があるというのに押しかけてしまった。申し訳ない」

あれ、ダークエルフの長老の息子さん達であるゼイとザウじゃないか。確かにこうして会うのは久しぶりだなぁ。

「お二方共、お久しぶりです。お体にお変わりはありませんか？」

こちらの挨拶に、ゼイが「そんな堅っ苦しい挨拶はいらねえよ！　前みたいにタメで話せ」と口にしてザウに軽くどつかれていた。この二人の間柄は変わんないなぁ。それに……うん、やっぱり結婚してもゼイの言動は変わることがなかったらしい。まあでも、ここはお言葉に甘えるか。

「ゼイに任せると話が進まん。済まないが、こうして朝からやって来た事情を説明したいが良いだろうか？」

自分が頷くと、ザウは話し始めた。今回、ゼイ、ザウの二人ともう一人、族長の子供の三人で向かいたい場所ができた。しかしあと一人か二人、戦力増強のために加えたいという話になったそうだ。で、自分がダークエルフの街にいることを知ったゼイが自分に声をかけようとしたのでやって来たんだと。

「こちらも時間はあるし、参加するのは構わないよ。二人とも面識があるから、信頼もできる。そういえば、ライナさんの姿が見えないが？　どこか別の場所に出かけているとか？」

末娘のライナさんというダークエルフの女性がいない。大抵この二人と一緒に行動しているイメージがあったんだが……モンスターを掴んで武器にするという物騒なガントレットの使い手でもあったな。

「あー、ライナは今回参加できないんだ。これから行く場所は女性の侵入が禁止されてててな……もちろん理由がある。女性がその場所に長くとどまると、生気を抜かれちまうんだ。動けなくなって死んでしまうから、男が行くしかないってところでな。それとは逆に、女性しか行けない場所ってのもある。ライナが参加するのはそっちの方だな」

ああー、アタックするメンバーの性別を制限される場所なのか。それじゃあライナさんが来られないわけだなぁ。じゃあ、誰が来るんだろう？

「ゼイの話を聞いて疑問に思っただろうから、あと一人の正体も明かしておく。来るのは次男のソガ兄さんだ。ソガ兄さんは杖術と攻撃的な魔法に長《た》けててな、火力がある。だがちょっと俺達と比べて体力がない。これはっかりは生まれの体質によるものだから仕方がないんだそうだ。ソガ兄さんもできるだけ体力をつけるために走り込みなんかを積極的にやってるんだが、それでもダメでな」

体質はしょうがないだろう。本人が努力してもどうしようもないってものはあるから。その分魔法使いとしての能力と、最低限の体力はあるようだから活躍するだけの実力は十分備えているはずだ。

「で、俺とザウで前衛を務める。ソガ兄さんは当然後衛。で、あとは遊撃ができる面子と回復ができる面子が欲しいってのは分かったと思う。アースは遊撃枠を務めてほしい。すぐに頼みに行ける距離で遊撃をこなせる人物がお前しかいなかったのだ」

ああ、だから急いでやって来たと。この街からいなくなられたら困るというわけね。それなら仕方がないか、重要な案件のようだし。

「話は分かった、先ほども言ったが同行する。で、回復ができる方の当ては……」

自分が確認を取ると、ゼイもザウも首を左右に振った。見つからんと……

「知り合いにいないわけじゃない。しかし、回復を得意とする面子はどうにも女性に偏《かたよ》る傾向がな……」

「ソガ兄さんもできるにはできるんだが、やや苦手という感じなんだ」

やや苦手でもできるならいいじゃないか。ゼロと一の差は途方もなく大きいんだ。冒険などにおいては特にね……

「じゃあ、見つけるのはかなり難しそうか。なんとなくだが、お二人かソガさんという方が信頼をおける方って条件もつくんだろう？　そうでなきゃ、とっくに見つけているだろうし」

多分、あまり知られたくない場所に行くと思うんだよね。だからこそ長老の子供という身内から三人も出すんだし。

「ああ、変に言いふらされると困るんだ。あの人前では口にしたくないお方ほどではないとはいえ、やっぱり機密に関わることが絡むから、口の堅いやつじゃないとな」

じゃあ、もうこの四人で行くしかないんじゃないのか？　という視線をゼイとザウにぶつけると……二人共頷いた。ソガさんの回復魔法と、自分のポーションで何とかする他ないか。そもそも回復が必要ないって状況にできるのが一番だが……《危険察知》は今回もフル回転だな。

「なら、ソガさんに会って打ち合わせをしたらその場所に向かおうか。あまり待たせるのもよろしくない」


久々にダークエルフ長老の家を訪れ、ゼイとザウの案内で、ソガさんとの初顔合わせ。ゼイもザウも筋肉質だからか……ソガさんはややひょろっとした細めの男性というイメージを受ける。顔はすごいイケメンで、もしリアルに来たら女性が黄色い声を上げるのは間違いないんじゃないかな？

「ソガ兄さん、こちらが協力を持ちかけたところ、快く応じてくれた友人のアースです」

ゼイに紹介してもらい、自分は軽く会釈する。

「ああ、君の話は時々聞いているよ。闇様《やみさま》のことも知っているそうだね……そしてそれを言いふらさないところから信頼がおける人物ということも大体分かる。聞いているかもしれないが、ソガという。私は攻撃的な呪文と、接近された時は杖を用いて戦う形を取る。やや苦手だがある程度なら回復魔法も使えるかな」

じゃあ、こちらも自分の立ち回りの紹介を兼ねた挨拶といきますか。

「では、私の方も。名前はアースと申します。武器はこの弓と、こちらの二本のスネーク・ソードとなっております。かつては魔剣を使っていたのですが、今は破損して失ってしまったためありません。あとは盗賊技術も持っていますので、モンスターの接近を早めに掴み、報告することもできます。立ち位置としては中衛ですね、ＰＴの状況に応じてある程度柔軟に動く形となります」

と、こんな感じでいいだろうか。すると、ソガさんは何度か頷いて、こう自分に申し出てきた。

「済まない、スネーク・ソードを用いて戦う人の姿を私は見たことがない。実戦に移る前に、我が家の中にある訓練場で、どのような攻撃をする武器なのかを少しだけ見せてはもらえないだろうか？　実戦で動揺して魔法の発動を失敗してしまうようなことがあっては困るのだ。手札を晒せというお願いに当たるからな、虫がいいとは思うのだが……」

ああ、それなら確かに見てもらった方が良いか。というか、ゼイやザウにも見せた方が良いな。

今の自分が使うスネーク・ソードは色々と変わりすぎている。

「構いませんよ、むしろそういった確認は大切なこと。さっそくお見せいたしましょう。あと、ゼイとザウ。お二人も来てほしい。今のスネーク・ソードは以前の戦いとは全く違う動きをする。一度二人にも見てもらっておいた方が良いから」

ゼイが「そうか、だから二本も腰に提《さ》げてたんだな！　こいつは楽しみだぜ」と嬉しそうな声を上げる。ザウの方は「分かった、よく見させてもらう」と真剣そのものだ。

男四人で連れ立ってダークエルフ長老宅の訓練場に移動を始める。さてと……さっさと大まかな動きを見せてどのような武器なのかを大体で良いから理解してもらおう。


少し歩いて階段を下りて——しばし歩いて訓練場に到着した。あまり広くはないが、数人が訓練できるだけのスペースはあるな。この広さなら大丈夫だろう。さっそく【レガード】と【ガナード】を鞘から抜く。

「——素晴らしい剣だな。魔剣ではないという話だが、何という輝きだ」

「ふむ、彼は二刀流なのかな？」

先の言葉がザウ、次がソガさんだ。そんな彼らの前で自分は【レガード】と【ガナード】を組み合わせ、【レガリオン】にする。

「なんだ、あれ⁉　二本の剣が一本になるのか？　確かに、以前使ってた剣とは根本から違うな……」

ゼイの声も聞こえてきたが今はスルーして、一通りの演武と攻撃の動きを見せる。三人の唸るような声が耳に入るが、それは仕方がない。普通の剣じゃないから動きも変わってくるし。

「もう少し見てみたいので的を用意させてもらう。その的に対して攻撃を加えてみてくれないか？」

ソガさんにそう言われて頷くと、すぐに砂でできたゴーレムと思われるものが三体ほど前方に現れた。ソガさんが作ったんだろう。魔法の中にはこういうゴーレムを一時的に作り上げて臨時の盾とする戦い方もあったはずだ。

「軽く攻撃をさせる、君は遠慮なくそれに反撃を加えて撃破してみてほしい」

自分に向かって歩を進めてくるゴーレム。その中の一体が腕を振り上げ、チョップするような形で叩きつけて……いや、砂の腕を伸ばしてより長いリーチで自分を攻撃しようとしてくる。だが、自分は【レガリオン】で伸びた腕をバッサリ切り落としてすかさず反撃。胴体も同じように切り落としたら動きが止まり、崩れ落ちた。

残り二体は左右に分かれたあと、同時に自分に接近し、挟み撃ちにするような形で攻撃を繰り出してきた。しかし、【レガリオン】の両刃の前にはぬるすぎる攻撃だ。左のゴーレムに【レガリオン】を突き刺し、もう一方の刃で右のゴーレムを貫いた。ゴーレム二体は急速に力を失って倒れる。

「お見事。ゼイやザウから聞いていたよりずっと強いんじゃないか？　これなら十分、いや十二分な戦力になってくれることは間違いない。今回の同行者として、よろしく頼む」

ソガさんが握手を求めてきたので、自分も【レガリオン】を分離して鞘に収めてからその手を取る。と、訓練所の入り口に近寄ってくる存在が。この反応はライナさんのようだが……入ってくるなり、何かを自分に向かって投擲してきた！　ソガさんと握手していた手を放し、飛んできたものを蹴りで弾き飛ばした。

「どういうつもり、だ？」

「あら、あっさり対処されちゃった。やっぱり以前よりはるかに強くなってるわね」

やっぱり声と姿からして、ライナさん本人で間違いないようだ。変装した別人という可能性も多分ないな、《危険察知》も目の前にいるライナさんが本人だと識別している。

「ライナ、どういうつもりだ！　客人に向かって許される行為ではないぞ！」

「怪我なんてさせる気はなかったわよ、アース君が弾いたものをよく見てよ」

ライナさんがザウにそう返答し、皆で先ほど自分が弾いたものを確認すると……地球でいうなら柔らかいゴムまりみたいな布の塊だった。触ってみるととても柔らかく、これならまず怪我をすることはないだろう。

「それに、この最後の不意打ちに対処できるかのテストを仕組んだのはそこにいるソガ兄さんよ？

私だってアース君にこんなことはしたくなかったけど、仕方がないでしょ？」

　このライナさんの言葉に、全員の視線がソガさんに集中する。追及の視線を向けられたソガさんは降参とばかりに両手を上げた。

「最後の試験もあっさり通過されてしまったな。ライナの言う通り、頼んだのは私で間違いない。攻撃が予想できない時でもすぐに動けるか、ということを見てみたかったのでね。無理を言ってライナにやってもらった。心強い同行者ということを知ることができた……その詫びと言っては何だが、仕事が終わったら私の財布から追加の報酬を出させてもらうよ」

　そういうことか……まあ、いい。ソガさんは自分と初対面だしな、あれこれ探りたくなるのも仕方がないことだと割り切ろう。クライアントの行動や言葉にいちいち腹を立てていたら何も進まん。あまりにも理不尽だったり非人道的だったりした場合は流石に反論するが、今回はゴムまりのようなものを投げてきただけ。腹を立てることじゃない。

「アース、済まねえ。まさか兄貴がこんなことを仕込んでくるとは思わなかった」

「私からも詫びる。済まなかった」

「ごめんね、兄にはちょっと借りがあって、断り切れなかったのよ」

　ゼイとザウ、そしてライナさんが頭を下げてくる。うん、誠意を示してくれているんだからもう手打ちにしよう。

「頭を上げてくれ。いいよ、このぐらいの試験なら可愛いものだしな。投げてきたものがナイフとかだったら流石に怒ったが、今回はこんな柔らかい球だ。これぐらいならまだいたずらの範疇だからね」

すると、三人とも安堵した表情を浮かべた。この程度で怒るほど器が小さい人間ではないつもりなんだがねぇ……ええ、社会の中でごくまれに出会うとんでもない連中のしでかすことに比べたら、なんてことはないんだよ。ゼイは疲れた表情を浮かべて言う。

「そう言ってくれて助かるぜ……ここでアースに抜けられたら、代わりの人間を見つけるのは骨が折れるどころの話じゃないからな」

「兄さん。元々用意する予定だったものに加えて支払う追加報酬は、兄さんの財布の中身を半分程度では済みませんよ。八割出してください。いいですね？」

「流石にそれは」

「いいですね？」

「うぐ……」

ザウはソガさんにそんな条件を突きつけて無理やり呑ませていた。ソガさんもザウを本気では怒らせたくないらしい。

「兄さんやゼイとザウが行くのはあそこなんでしょ？　いいなぁ、私も性別という問題がなければアース君を誘っていくのに」

協力してあげたいのはやまやまだが、異性が入ると死ぬ場所らしいからね、流石にどうしようもない。

「とりあえず、新しい剣を用いた動きを見せるのはこんなところかな？　そしていつ頃出発するのかも教えてほしいのだが」

「ああ、今から十五分後ぐらいだ。ポーションが足りなければ、家の倉庫から持ってくる。遠慮しないで言ってくれ」

ゼイに聞いてみると、そんな答えが返ってきた。

ポーションは十分な量があるし、もらう必要はないだろう。帰ってきた時に消費した分だけもらえばいい。

「じゃあ入り口に案内するぜ。入り口もな、この家の中にあるんだよ」

ダークエルフの長老宅、秘密多すぎませんかね？　その秘密を守るための一族なのかも？

ちょっと調べてみたいが、これは猫を殺すってタイプの好奇心かもしれない。うん、調べるのはよそう。万が一にでもゼイやザウ、ライナさんと争うようなことにはなりたくない。

「ここが入り口だ。やばい空気が漂ってるってのは分かるか？」

「ああ、これはよっぽど鈍感じゃない限り分かるんじゃないか？」

で、ゼイと二人でやって来た場所は多分、地下三階ぐらいの深さの空間。そこにはさらに下りる梯子《はしご》が一つあるだけ。だが、ゼイの言う通りこの場には明らかに危険な空気というやつが漂っている。下には一体何がいるんだ？　《危険察知》にも多数の敵性反応が浮かび上がっている。こちらに近寄ってくるやつはいないようだが。

「地上の魔物達は、ここの劣化したやつらだってのが初代の言葉らしい。初代はここに厄介なやつらを封じ、力を減退させることで大きな被害が出ないようにしたそうだが……一定期間ごとにこの下にいる魔物達を間引かなきゃいけねえってのが俺達の義務なんだ。この義務を怠ると、ここにいるやつらがいつしか初代の封を破って地上に出てきて……ダークエルフの街はどれだけの被害を受けるか分からねえ」

あー、やっぱり門番みたいな役割があったのか。

「あと、初代の血が流れている俺達が近くにいないと、どういうわけかここにいる魔物達にろくなダメージが入らねえ。俺達は街をこれからも栄えさせていくために血を絶やすわけにはいかなくてな……だから、結婚から距離を置いて剣を振り回す俺がさっさと結婚させられたんだろうな。もうしばらくしたら、ザウのやつも結婚するはずだ」

ふむ、ここら辺もよくあると言っちゃあ申し訳ないがありがちな話だな。

「その辺の話、闇様は？」

「もちろん知っているぞ、こっちがぼろぼろにされて血が絶えそうになった時は助けてもらったことが何度もあると勉強の時には教えられたしな。闇様に頭が上がらねえのは、そこら辺の話も理由の一つだな」

なるほどね、闇様をきちんと祭っているからこそ困った時には手助けしてくれたんだろう。普段敬意も感謝も捧げていないのに、困った時だけ助けてくれと神に縋《すが》っても助けてくれるわけがないだろうし。

「——今ソガの兄貴から念話が入った。準備が整ったからこっちに向かっているそうだ。大体予定していた時間通りに突入できそうだな……アース、頼りにしてるぜ？」

「索敵《さくてき》は任せてくれ」

さて、いよいよか。どんなやつがいるのやら……気を引きしめて仕事にかかるとしよう。


中に入るメンツが揃い、いよいよ突入。梯子はあるが、自分は飛び下りた。ザウとソガさんが来る前に、高さは確認していたからやれることだ。静かに着地、落下ダメージをもらうようなこともない。続いてゼイとザウも飛び下りてきた。梯子を使うのはソガさんだけだった。

「それでは仕事を始める。それなりの数を倒さなければ、この濃くなりすぎてしまった魔物の気配を収めることはできない。さらに後日、別の場にて女性が当たる戦いに要らぬ負担を強いることとなる。一匹でも多く倒すことを念頭に動いてほしい」

ソガさんの言葉に、自分、ゼイ、ザウは頷き、前進を始める。陣形はゼイとザウが二枚前衛。自分が少し後ろで中衛を務め、さらに後ろでソガさんが後衛を務める形を取っている。少し歩けば、複数の敵の反応が近寄ってくる。向こうもこちらに気が付いたか。

「ストップ、全員少し後ろに後退。この場で戦うと、さらなる敵が来て乱戦になる可能性が高い。少し引いて今こちらに近寄ってきているやつだけを叩いた方が消耗が少ない」

自分が言うと皆は同意し、少し後ろに下がってから戦闘態勢に入る。接敵するまでモンスターの正体が分からなかったが、人を丸呑みできるサイズのでっかい蛇型が四匹、その蛇よりもさらにでっかいカエル型が二匹の計六匹だった。どちらも体色は赤をメインに二本の黒いラインが縦に入っている。

「蛇の締めつけも厄介だが、特にカエルに気を付けろ！　舌に捕まって丸呑みされれば、命はないぞ！」

ソガさんから注意が飛ぶ。即死攻撃持ちか……しかも丸呑みタイプ。嫌になるね……できるだけ手早く排除しよう。

向こうの初手は蛇達のようだ。口を開けたかと思えば、こちらに向かって何かを飛ばしてきた。

「毒液だな、私が防ぐ」

ソガさんの展開した半透明の防御幕に、蛇が吐いた毒液が阻まれる。毒液の色は赤黒く、かなり粘着質《ねんちゃくしつ》なようだ。防御幕が半透明なので、どろりとした毒液が良く見える。

「まず自分が仕掛けます。カエルに自分の弓が効くかどうか……」

まずはアーツを使わず、普通の鉄の矢を放ってカエルに攻撃を仕掛けてみよう。これで一定ダメージが入るならそれで良し、入らなければより貫通力の高いアーツを使ったり矢をグリンド鉱石製のものに変えていこう。そう考えて放った一矢であったが……ここは【八岐の月】が持つ性能の高さが表れる。カエルの脳天をぶち抜き、矢は奥へと消えて見えなくなった。当然カエルは力を急速に失ってその場に崩れ落ちてから消える。

たった一矢で殺された。それはもう一匹のカエルにとって予想外だったのだろう。慌てて踵《きびす》を返したかと思うと、蛇達をその場に放って一目散に逃げ出した。そんな隙だらけな姿を自分が見逃すはずもない。奥に逃げて、大勢のカエルを引きつれて戻ってきたらたまったものではない。故に容赦はできない。

「ヒュウ、やるじゃねえか。相変わらずの弓の腕だな」

「空の上での戦いについては話を聞いていたが、こうして自分の目で見ると話以上の威力に思える。凄まじい」

ゼイとザウがそんなことを口にしながら、蛇達に攻撃を開始する。蛇達も噛みついたり薙ぎ払ったりしようとするわけだが、自分の矢が噛みつきを妨害し、ソガさんの風系統の魔法と思われる衝撃を放つ攻撃で薙ぎ払いの威力を弱めている。

四匹の蛇達は、皆揃ってゼイとザウの持つ刃物の錆《さび》となった。

「索敵ができて、威力のある攻撃も敵への妨害もこなすか……ゼイやザウの言葉は誇張しているどころかやや控えめだったようだな」

戦いのあと、ソガさんは自分をそう評したらしい。少なくとも、戦力になると認めてもらえたはずだ。やっぱり前評判をいくら聞いても、実戦で働きを見てみないとなかなか信頼ってものは置けないからその考えに腹を立てるようなことはない。

「まあ、直接見ないと分からないところが多いってのは理解できるけどな」

「兄さんも私達をもう少し信用してくださっても良いのでは。命が関わることに関して、いい加減なことを口にするつもりはありません」

ゼイとザウは、自分の言を軽く見られていたと思ったのだろうか？　あからさまではないが、やや不満げな雰囲気を漂わせる。

「まあまあ……高く評価してもらえるのは素直に嬉しいが、やはり人は一度自分の目で見てみたいと思うものだから。それにこれからもっともっと戦うんだし、そんなに気配をまき散らさないでくれると助かる。必要以上に相手に見つかりやすくなってしまう」

自分がそう口にすると、ゼイとザウから発生していた不満げな気配がある程度収まる。

さて、それじゃあ前進を再開しますか。とりあえず敵の反応が多い方に進もうか。かなりの数を倒さねばならないんだから。


そうして、しばしの間戦い続けた。もちろんほどほどに休息を挟みつつだが。カエルは自分が真っ先に射殺した。呑み込まれてはい即死、なんてやらせてたまるかってんだという感じである。

一方で蛇はゼイ、ザウ、ソガさんの三兄弟がコンビネーションを駆使して手早く切り捨てていた。ソガさんの魔法で動きを制限し、ゼイの両手剣やザウの槍が相手を断つという流れである。

それと、自分に変化があった。久しく上がっていなかった各種スキルが一部ではあるが上がり出したのだ。〈精密な指〉や〈魔剣の残滓・明鏡止水の境地〉が特に上がった。あとは〈百里眼〉と〈義賊頭〉が少々。スキルアップなんていつぶりだ……ものすごく懐かしい気がする。

近接戦闘をする機会があれば他のスキルも上がったのかもしれないが、とりあえず上がったスキルがあるだけでも良しとしよう。バグってるんじゃないか、と心のどこかで思っていたので、こうしてスキルアップしたことは素直に嬉しい。そんな喜びを覚えていた自分とは裏腹に、ゼイ、ザウ、ソガさんの表情はすぐれない。何かあったんだろうか？

「数、多すぎねえか？」

「うむ、ゼイの言う通りだ。普段はこれだけ倒せば魔物の気配はかなり薄くなるはず。しかし、そうはなっていない」

「厄介な魔物が生まれているかもしれないな、父上に報告する必要がある」

——なるほど、異常事態ってやつか。ダンジョンものにあるスタンピードとか、とんでもないボスが生まれているとか、その辺の嬉しくない問題が起きていれば顔色が良くないのは当然だな。もしそういった問題が原因で、ここにいるモンスターが突如街にあふれてしまったら、取り返しがつかんぞ。

「今日は引き上げて、報告するという方向に切り替えますか？　で、後日もっと人を増やして殲滅するとか……」

自分の問いかけに、三人共、同時に頷いた。正確に数えていたわけじゃないが、ここに入ってから屠《ほふ》ったモンスターの数は百匹以上なのは間違いない。それでも入った直後と今で、この場で感じる気配が弱まったとは思えない。それは十分な異常事態ということになるのだろう。

「引き上げるべきだな、そして申し訳ないのだが——アース、もう少しお前の力を我々に貸してはもらえないか？　もちろん相応の報酬は出す」

ソガさんがそう口にする。ダークエルフの街には知り合いだっている。そんな彼らをほっぽり出して逃げ出すってのは頼まれたってやりたくない。なので、自分はすぐに頷いて申し出を受ける意思を伝える。

「すまん、助かる。実力を知っている上で頼りになる人間はいくらでも欲しいところだからな。まずは出口までの索敵を頼むぞ」


リスポーンしているモンスターはいなかったため、帰りは早かった。梯子を上って無事に帰還することが叶ったわけだが——そこからは小走りでダークエルフの長老のもとまで移動する。先ほどの場所で感じた異常事態を報告するために。長老と思われる男性は部屋の中にいてくれた。

立派なあごひげを生やした、人間で言うなら四十代後半から五十代前半といった感じ。黒い着物のような服を纏い、机の前にて政務に励んでいたようだ。ゼイはそんなダークエルフの長老の前に進み出て、両手を机に叩きつけるかのような勢いで置いた。

「親父、今いいか？」

「ゼイ、ザウ、ソガ……そちらは助っ人のアース殿だな。いったい揃いも揃ってどうした？　お前達にはあの場所の間引きを頼んでいたはずだが」

「親父、その件に関して報告がある。とにかく聞いてくれ」

ゼイの報告を聞いて、ダークエルフの長老の顔色が見る見るうちに青くなった。報告を聞き終わったダークエルフの長老は大慌てで秘書らしき人を呼び出し、本を持ってこい、大至急でだと大声で伝える。指示を聞いた秘書らしきダークエルフも顔を青くしながら本を取りに行き、二分ぐらいで三冊の本を持ち帰ってきた。さて、何が書かれているのやら。嫌なことだっていうのは、分かるけどな……

STATUS

【スキル一覧】

〈風迅狩弓〉Lv50（The Limit!）〈砕蹴（エルフ流・限定師範代候補）〉Lv46
〈精密な指〉Lv67（↑6UP）〈小盾〉Lv44〈双龍蛇剣武術身体能力強化〉Lv2（NEW!）
〈魔剣の残滓・明鏡止水の境地〉Lv19（↑9UP）〈百里眼〉Lv48（↑2UP）
〈隠蔽・改〉Lv7〈義賊頭〉Lv89（↑1UP）
〈妖精招来〉Lv22（強制習得・昇格・控えスキルへの移動不可能）
追加能力スキル
〈黄龍変身・覚醒〉Lv??（使用不可）〈偶像の魔王〉Lv9

控えスキル

〈木工の経験者〉Lv14 〈釣り〉（LOST!） 〈人魚泳法〉Lv10
〈ドワーフ流鍛冶屋・史伝〉Lv99（The Limit!） 〈薬剤の経験者〉Lv43 〈医食同源料理人〉Lv25
ExP48
称号：妖精女王の意見者 一人で強者を討伐した者 ドラゴンと龍に関わった者
妖精に祝福を受けた者 ドラゴンを調理した者 雲獣セラピスト 災いを砕きに行く者
託された者 龍の盟友 ドラゴンスレイヤー（胃袋限定） 義賊 人魚を釣った人
妖精国の隠れアイドル 悲しみの激情を知る者 メイドのご主人様（仮） 呪具の恋人
魔王の代理人 人族半分辞めました 闇の盟友 魔王領の知られざる救世主 無謀者
魔王の真実を知る魔王外の存在 天を穿つ者 魔王領名誉貴族
プレイヤーからの二つ名：妖精王候補（妬） 戦場の料理人
獣の介錯を苦しませずに務めた者
強化を行ったアーツ：《ソニックハウンドアローLv5》
状態異常：［最大HP低下］［最大MP大幅低下］［黄龍封印］

◆
◆
◆

三冊の本をゼイ、ザウ、ソガさんが一冊ずつ分担して、鬼気迫る表情を浮かべながらページをめくっている。

「これじゃない、これも当てはまらない」

「この流れでもない、もっと気配が濃かった」

「これは……いや、違う。似ているが……これじゃない」

おそらく過去のダークエルフが討伐してきた記録から、今回の異常事態の内容を突き止めようとしているんだろう。

やがて、これじゃないか？　という声がゼイから上がった。

ザウとソガさんがゼイが指をさしている部分をのぞき込んで……「これだ」「ああ、間違いないだろう」と同意している。

「今回の異常事態、過去の例が見つかったんだな？」

「ああ、まず間違いない。今回の異常事態の原因は……おそらく奥の方に大物が現れたことだと思うぜ。過去の記録と今回の一件は一致するからな」

ボス発生パターンか。強さはどれぐらいなんだろうか？　レイドボスレベルだったら厳しいぞ？

「しかも今回は、知性が高い相手が待ち構えていると思われる。好戦的でないのであれば、話し合いによる解決も望めるのだが……好戦的で狡猾《こうかつ》だった場合は――」

ソガさんの言葉がそこで途切れる。おそらくだが口にしたくはないのだろう、帰ってこられない面子が出るということを。

そんな答えに自分が簡単に到達できるぐらい、ソガさんの表情は暗く、思いつめたものになっていた。

「長老命令だ、数日の内に討伐に向かわせるために兄弟を集める。それとゼイ、お前は参加させられない、分かるな？」

「――血を残すため、だろう？　分かってるぜ……」

ダークエルフの長老にそう言われて、ゼイの口から一筋の血が流れる。おそらく悔しすぎるあまり強く唇を噛みしめてしまったんだろう。次にダークエルフの長老は自分に向き直る。

「済まないがアース殿、貴殿には引き続き参加願いたい。私も手を尽くして人を集めるつもりではあるが、今は一人でも多く欲しい」

「分かっています、この一件が終わるまでは協力しますよ」

自分の返答を聞いて、ダークエルフの長老は「感謝する」と口にし、頭を下げてきた。とりあえず今日やれることはもうないか……豪邸に戻ってログアウトしようか。

そして翌日、豪邸の主と食事を取っていると――

「長老から話は聞いているよ、大変なことになったな。女性側に出たのであれば、メイド達を戦力として出したんだが……」

ここの主は、長老と繋がりがあったか。まあ、予想できていたことだが。

「とにかく、やれることをやるしかありません。いい報告を持ち帰れるように、最大限の努力はします」

こう言う他ない。とにかくボスがいるってことと、そのボスを何とかしないと今回の一件は終わらないってことしか自分は知らない。あ、知性が高い相手ってこともか。

話し合いで済めばいいんだけどな……何せ同行するのは大半がプレイヤーじゃない、つまりはやり直しがきかない。死んで五分以内に蘇生できなきゃ、永遠の別れとなってしまうのだ。

「頼む、無責任な言い方になってしまうが、今は君を頼る他ない。君がこのタイミングでいてくれたことに、感謝したいぐらいなんだ。私は武術の方はからっきしでね、ついていってもただ足を引っ張るだけになってしまう」

これだけの豪邸を維持、運営しているんなら十分立派だと思うけどね。その考えを豪邸の主に告げると、彼は苦笑した。

「そう言ってくれるだけでも救われるよ。子供の時は武術がからっきしだったこともあって、散々なじられたもんだ。幸いこういう経済系統に関する才能が多少あったおかげで、今はこうしていられるがね……ただ、武が絡むことは全部メイド任せだ。それが一番効率が良いんだ」

苦労していない人間などどこにもいない、と言うのはうちの母親の口癖だったか。まあ、こんな豪邸を持って悠々自適に過ごしているように見える彼にも、相応の苦労はあっておかしくないよな。

ましてや、経済のような目に見えないものを相手にしていくのは生半可なことじゃない。自分が株とかやったら、あっという間に破産するだろう。


そんな会話のあとに自分は豪邸を出発し、ダークエルフ長老宅へ。中はかなり慌ただしい状況になっていたが、自分を見つけたゼイが案内してくれた。

「こちらで人は集めた。アース、いつでも行けるか？」

「大丈夫、すぐに行けるように準備も心構えもできている」

「そうか、ありがとな。俺の分まで頼む。こっちだ、今回のメンバーが集まっている」

そうして中に入ると……真っ先に目を引くのはカラフルな五人、どこからどう見てもヒーローチームじゃないか。他にもダークエルフが数人。これが今回のアタックメンバーか。

「おお、アースではないか！　そうかそうか、やっぱりこういう困難には関わる運命なのだな」

「顔見知りがいるってのは頼もしい。腕の方も知っているからもっと頼もしいぜ」

レッドとブルーから、そんなことを言われる。まあ、信頼してもらっているからこそこういう言葉が出るんだろう。もちろん自分も、ヒーローチームの実力は信用している。

「こちらこそ、ヒーローチームの皆さんの実力は知ってますから頼もしいですよ」

「ああ、今回の一件も被害が出ないように頑張ろう」

そう自分に返してきたのはブラック。イエロー、グリーンとは無言で握手を交わした。なお、ピンクは女性なのでお休みだ。

「ふむ、知り合いだったようだな。ならば彼らの説明は不要か。なら残りのメンバーの紹介をしよう。我が家の四男のルウ、五男のフウ、六男のザドだ。この三名にそこの五名、さらにザウとソガ、君を加えた十一人が今回の討伐メンバーだ」

長老の言葉に、三名のダークエルフが立ち上がって自分の方を向いて一礼してきた。

「俺がルウだ。有翼人と戦った勇士と共に戦えることを光栄に思う」

「私がフウです。アース殿の話はよく弟から聞いておりました」

「そしてワイがザドだ。アンタは色々やれるんだってな？　今回はよろしく頼むぜ」

という三人、三つ子じゃないかってぐらい顔がそっくりだ。幸い装備が違うから見分けられ

る……ルウさんが重鎧に剣と盾。フウさんがローブに杖と、腰にショートソードが二本下がってい
るな。最後のザドさんが軽鎧に両手剣。腰に数本のナイフが下がっている。さらに胸にもナイフを
差した革のベルトを身に着けている……投げナイフによる攻撃もできるんだろう。
「さて、揃ったところで今回の話をしよう。今回は我が邸宅の地下にある場所で生まれた大物の処
理、もしくは対話による解決だ。過去の記録を紐解いたところ、知性が高い存在が奥に居座ってい
ると考えられる。故にいきなり襲いかからず、まずは対話を持ちかけてほしい。対話が上手くいけ
ば、そのまま眠り続けて自然消滅してくれたという記録がある」
ここで手が挙がる。グリーンだ。
「対話による解決を最初に試みるというのは分かりました。しかし、決裂したり無茶な条件を突き
つけられたりした場合は討伐することになるのですよね？」
グリーンの質問に、長老は頷く。
「うむ、話し合いにならなかったり、先ほど指摘されたようにまずどうしようもない条件を提示さ
れたりした場合は戦ってもらうことになる。当然向こうが対話中にいきなり襲いかかってくる可能
性もある。話し合いの最中でも決して気を抜かないでもらいたい」
話を続けるふりをして、ザクッと不意打ちってのもよくある手段だよねえ。その不意打ちでやら
れる人が出ないようにしないと。戦うことになったら、戦力は一人減るだけでかなり辛い。

「だが一番大切なのは、生きて帰ってきてほしいということだ。生きて帰ってきてくれなければ、どうなったのか情報が手に入らない。それに私は誰かに死んでほしいと願うほど耄碌《もうろく》もしていない。どうしても敵《かな》わないと思ったのならば、すぐさま撤退して構わない。命は失ったら取り返しがつかないからな」

撤退許可もくれるのか。とにかくここに集まったメンバーでどうにかできれば最上だが、厳しいなら逃げてきても構わない。ただし情報だけは持ってきてくれと。

「出発する前に何か質問はあるか？　なければ、いよいよ行ってきてもらう事になる。繰り返しになるが、死ぬんじゃないぞ。生きていれば何とかなるのだからな」

長老の言葉に、皆が頷く。これといった質問は出なかったので、あの場所に向かって出発することに。さて、奥には何がいるのやら……話し合いで上手く済めばいいのだけれど。

再び突入した例の場所。ただ……道中は非常に楽だった。四人でもピンチに陥ることはなかったというのに、今は十一人もの団体で突き進んでいる。自分やブラックが索敵し、見つけ次第魔法や矢、投げナイフなんかが飛んでいく。苦戦のくの字もあったもんじゃない。

ヒーローチームの腕前は相変わらずで、手早く、無駄なく、かっこよくの三拍子が揃っている。自分とは違って、一々戦いが絵になる、とでも言えば良いのだろうか？　ゲームの紹介ムービーとかに使っても良いぐらいの動きと映えが両立しているのである。ヒーロー戦隊を模した鎧のカラーリングも相まって、より恰好がつくのだ。

あとは今回急遽参戦したルウさん、フウさん、ザドさんの腕前も申し分ない。彼らも出てきたモンスターを危なげなく処理し、連戦になっても十分な余裕を持って片をつけている。おかげでこちらは楽をさせてもらっているんだが。

そんな心強すぎるメンバーと共に地下を突き進む。この場所は面倒な迷路などにはなっておらず、いくつかの分かれ道があるだけだ。それも過去の情報で奥に進むための正しい道は全て判明しているので、行き止まりだから引き返すといった手間もない。

結局最奥まで到達するのにかかった時間は僅か二〇分。倒してきた敵の数と歩いた距離から考えると凄まじい早さだった。普通の六人PTだったら、全ての分かれ道で正解ルートを選択できたと仮定しても、ここまでに来るのに三時間ぐらいはかかるんじゃないだろうか？

さて、そんな最奥の開けた場所には、でかい虎《とら》がお座りの体勢で鎮座《ちんざ》していた。赤い毛並みに白い縞《しま》が入っている。

『ほう、来客が来たか。わけも分からずこんな場所に生まれ出てただひたすらに退屈していたが……少しはその退屈が紛れそうだな』

念話にてこちらに声を届けながら虎は立ち上がるが、飛びかかってくる様子は見せない。とりあ

えず、話はできそうだな……この場合、誰が話をするかはすでに決めてある。ダークエルフ長老の次男であるソガさんだ。

「それは何より……と言いたいのだが、こちらは貴殿への要望があってここに来た」

『なんだ？　とりあえずその要望とやらを聞こうではないか』

よかった、これなら話し合いで済むかもしれない。警戒はしながらも、刃を向けて刺激するようなことがないように気を払いながら、自分達はソガさんと赤い虎の会話を見守る。

「こちらの要求は、ここで静かに眠っていてほしいということだけだ。それ以外には何も望まない」

『ほう？　それだけなのか。しかし、それを呑むにはこちらも一つ要求を出したいところだな』

む、雲行きがあやしくなってきたか？　しかし、まだ戦いになると決まったわけじゃない。もう少し様子を見るべきだ、早合点《はやがてん》はいけない。

「要求にはできるだけ応えよう。何を望むのだ？」

『なに、生贄をよこせとか、財宝をよこせとか言うのではない。少しだけ遊んでほしいのだ』

遊び、ねえ。遊びという名の殺戮《さつりく》になるんじゃないか？　という考えが自分の中に浮かんでくる。いや、自分だけじゃないな、皆の警戒の気配が強くなった。すぐに戦闘態勢に入れるように誰もが武器に手を添え始めている。

「遊び、か。具体的には？」

『これをな、手に持ってどれぐらい耐えられるかという挑戦をする姿を見せてほしいのだよ。誰かが五分以上耐えることができればそちらの勝ちだ、その場合は要望通りに、ずっと眠っていることを約束しよう。私も別に無駄に暴れたいわけではないからな。ちょっとでも退屈が紛れるのであればそれで良いのだ』

赤い虎がソガさんの前に置いたのは……かつて、闇様から託されて、魔王様のところに持っていった闇の玉を一回り小さくしたようなものだった。

ソガさんがそれを拾う……しばらくは何ともないようだった。だが、一分ぐらい経った頃だろうか？　ソガさんの様子が明らかにおかしくなり始める。

「なん、なんだこれは？　私は何を見ている？　私は何をしている⁉」

『苦しくなったら玉を置けばすぐに収まる。まあ、まだ一分ほどしか経っていないから置いたらお前は失格となるが』

すでにソガさんの顔色は真っ青で、かなりの汗をかいている。おそらくあれは全て冷や汗だろう……表情は何かに脅えているような感じで、ここに来るまでの彼からは想像もできないぐらいの酷い顔だった。やがて二分になるかどうかというところで、ソガさんの手から玉が転がり落ちた。

「はっ⁉　は、ハアハアハア……げ、幻覚？　全ては幻だったのか……」

『大体二分だな。おまけしても合格とはいかんな。残りは十〇人か……誰か一人でも良い。五分間この玉を手に持って落とさなければ、そちらの要求を呑んで静かに眠ると誓おう。さあ、次は誰が挑戦する？』

崩れ落ちるように地面に座り込んだソガさんを見ながら、赤い虎はそう尋ねてくる。

一体ソガさんは何を見たのだろう？　彼が見せられたものを知るべく、自分はソガさんを介抱しながら問いかけてみるが、赤い虎からストップがかかる。

『見たものを聞くのは禁止とさせてもらう。まあ、どうせあと数分で忘れる、悪い夢を見たようなものだからな、長くは覚えていられない。心身的な病気になることはない、これはあくまで遊びだ。遊びだからこそ、長く残る怪我や精神的な病を抱え込ませるような真似はせんよ』

——その赤い虎の言葉を裏付けるかのように、ソガさんの顔色はすぐに良くなってきた。先ほどまで青い顔をして冷や汗をかいていた人物だとはとても思えない。

やがてソガさんはすっと立ち上がる。

「アース、大丈夫だ。もう何を見たのか綺麗さっぱり忘れてしまった……それが恐ろしいが。ただ、すごく恐ろしいものを見たような気がする。そこの者が言う通り、本当に全くもって思い出せない」

気になるのは、内容だな。「ワンモア」世界の人はそうでも、プレイヤーである自分とヒーローチームがあの玉を手に持ったらどうなるのかは予想がつかない。命に関わる問題が起きるわけではないようなので、その点だけは安心なのかもしれないが。

「次は俺が行こう」

名乗りを上げたのはルウさんだった。地面に転がった黒い玉をつまみ上げ、そのまま軽く握るように持った。しかし三分ぐらい経つと、先ほどのソガさんと同じように顔面は真っ青、冷や汗が滴《したた》り落ちるという状況に。そうなったあとは三十秒も経たずに黒い玉を手から取り落として、崩れ落ちるように地面に倒れ込んだ。

「ルウ兄さん！」

「ルウ兄さんですら、こうなるとは……あの玉は一体ワイらに何を見せるんや!?」

ルウさんは近くにいたフウさんとザドさんに介抱された。二人とも動揺を隠せていない。かなりの信頼をルウさんに置いていたのだろう。

「フウ、ザド……俺はどれぐらい耐えられたのだ？」

ルウさんの疑問に答えたのは、赤い虎だった。

「三分と三十六秒だな、なかなか頑張った方だと思うぞ。お前はかなり精神が強いようだな」

赤い虎は感心したような雰囲気でルウさんに視線を向けている。だが、その一方でルウさんは唇を噛んだ。

「あと一分半を我慢できなかったとは……無念！　すまん、お前達に託す他なくなってしまった」

そう口にした後、ルウさんは悔しそうに地面に向かって拳《こぶし》を叩きつけた。ルウさんは、自分で決着をつけたかったんだろうな。慕われてるっぽいし、良い兄貴なんだろう。

「レッド、次はオレが行っていいか？」

おっと、次はグリーンが挑戦するみたいだな。これでプレイヤーが持ったらどうなるかが判明するな。グリーンの申し出に、レッドは頷いた。それを確認したグリーンは、慎重に黒い玉を手に取り、軽く握りしめた。と、同時にグリーンの体がまるで急速冷凍されたかのように動かなくなった。

「グリーン!?」

『慌てるな、かの者はどうやら住む世界が違うようだな。だからその世界の者に合わせた遊び場に行っているだけだ。心配はない、すぐに帰ってくる。長くても五分間だ』

自分の叫びに、赤い虎はそうなだめてきた。

なるほど、プレイヤーはどっか別の場所に精神を飛ばされるのか。で、そこで何かの耐久クエストをさせられると。グリーンはどこまでやれるんだろう？　今は彼の帰りを待つ他ない、な。

しばし経ち、グリーンの手から黒い玉が零《こぼ》れ落ちる。時間は三分二秒、これはタイマーで正確に測らせてもらっていたから間違いない。やがてグリーンが崩れ落ち、右膝を地面に立て、両手を地面につけて荒い息を吐いている。かなり過酷な場所に行っていたのかもしれない。

「グリーン、大丈夫か⁉」

「ああ、大丈夫だ――」

グリーンの声が途中から不自然に小さくなって、聞こえなくなってしまった。このことにグリーン自身が大慌てしている。声を出そうとしても、いっさい出せなくなってしまっているようだ。

この場にいる全員の視線が赤い虎に向く。

『いかにも、私がやった。悪いがこの遊びが終わるまでの間だけ、他者に情報を伝達できないようにさせてもらった。そうせねば後に挑戦する者が有利になってしまうのでな』

この言葉に偽《いつわ》りはないようで、グリーンは話したりチャットしたりできないようにされてはいたが、ダメージを受けてはいない。とにかく、情報の伝達を封じること以外の狙いはないらしい。

「じゃあ、次は自分が」

「アース、待ってくれ」

自分が行こうとしたところ、ストップがかかった。声の主はレッドだ。何か問題があったかな？

「済まないがアースが挑戦するのは最後にしてくれないか？」

「なぜに？」

最後の一人って辛いんですよ？　プレッシャーと周囲の期待する視線に晒されるんですよ？　だからさっさと行きたかったんだが……

「アースは今まで、他人が予想できない経験を多くしてきたはず。だからこういう不思議なことにへの対応力は、おそらくここに集まったメンバーの中でも一番高いだろう。そんなアースが失敗すれば、その後に挑戦する面子の士気が落ちる可能性が高い。だから最後に回ってくれ。申し訳ないとは思うが、頼む」

そんな期待をされてもなぁ……が、まあいいや。ならば最後に挑戦することにしよう。その前に合格者が出れば何もせずに済むのだから。なんてことを考えたのがフラグだったのかもしれない……

次々と残りのメンバーが挑戦していくが、平均三分前後で皆黒い玉を取り落とした。唯一レッドが四分六秒まで粘った。だが五分の壁は厚い……レッドは耐えた時間を知って悔しそうに拳を地面に叩きつけていた。さて、これでついにラストの自分にお鉢《はち》が回ってきてしまった。

『次のお前が最後か。さあ、挑戦せよ。耐えきれるかどうかを、見せてほしい』

黒い玉を拾い上げ、他の人と同じように持ったとたん目の前が一瞬で真っ暗になった。目が慣れてくると、周囲は真っ暗で、地面はタールのようなものがうっすらと溜まっているらしい。

歩けば粘着質な音と共に波紋《はもん》が生じる。と、突如足首から下が真っ黒い何かで固められてしまった。拘束《こうそく》を解こうとして足に力を入れてもびくともしない。

それだけではない、次は上から垂れ下がってきた黒いガムのようなものが両手にまとわりつき、自分の体を強制的に万歳の状態にさせてきた。こっちは引っ張ると伸びるのだが断ち切れない。拘束から逃れられないという点は足首を固定している黒い物体と同じか……

次は何をしてくるんだ？　と思っていたら、どこからともかく人影が現れた。数は四、その内の一体は熊のようだ。こっちに来る途中で体格が大きく変わった。彼らはこちらに一定の速度を保ったまま近寄ってきて……顔が見えた。その四人は、雨龍師匠、砂龍師匠、エル、ゼタンだ。ゼタン以外は全員、無数の棘《とげ》をつけた異様な剣を持っていた。

（もしかしなくても……この試練は、とても親しい人を模した存在から散々痛めつけられるのを五分間耐えろというものなのだろう。しかも、もう二度と会えない砂龍さんとエルを模してくるところ、悪趣味にもほどがあるだろうが……！）

四人は自分を取り囲むように四方に陣取り、現実の彼、彼女達ならありえない下品すぎる笑みを浮かべながら自分に向かって剣を叩きつけてきた。

「ぐっ!?」

予想以上に痛い！　斬られる痛みと突き刺さる痛み、この二つを絶え間なく受けるというのは想像以上に辛い！

「がはっ！」

背中を引っかかれた。おそらくゼタンを模したやつの仕業だろう。背中が焼けるような痛みを訴えてくる。かと思えば前から、左右から滅多《めった》打ちにされる。

「無様な姿だな」

「ほほほ、やはり弱者を嬲《なぶ》るのは楽しいのう」

「すっきりするわよねえ、悲鳴を聞くとぞくぞくするわ」

「全くだ、おら、もっと悲鳴を上げやがれ！」

くそ、どれだけ殴られた？　斬られた？　もう痛くない場所の方が少ない。だというのに意識が薄れることはなく、痛覚が鈍ることもない。こちらは身動きできぬまま、師匠や親友、死なせてしまった女性を模した何かにひたすら殴られ、斬られ、引っかかれる。

他の面子もこういうことをされたんだろう。で、おそらくギブアップするような言葉……もうやめてくれだとか、助けてくれだとか、そういう言葉を吐いた時点で終了となるんだ。多分、あの赤い虎はどこまでそれを言わずにいられるかを観察しているんじゃなかろうか。

（──腹が立ってきた。いや、そんな言葉じゃ生ぬるい！　煮えくり返ってきた！　大事な師匠達を！　共に戦った戦友であるゼタンを！　殺されてしまって、それでも自分の未来のことを考えてくれたエルを！　偽物といえどこんなことに使いやがって！！！）

ぶちん、と何かが切れた音が聞こえたような気がする。だがそんなことはどうでもいい。体中が熱くなる。痛みではなく怒りで。これ以上、雨龍師匠の顔で、砂龍師匠の姿で、ゼタンの力で、エ

ルの心で、醜悪《しゅうあく》な行動を取り続けさせるようなふざけた真似をさせてたまるものか！

「ガアアアアアア!!」

「な、なんだ!?」

「何こいつ、急に吠えて」

「五月蠅《うるさ》いのう」

「脅しのつもりか？　そんなの効かねえよ！」

自分が急に吠えたことで、一歩引く四名。だが、すぐに砂龍師匠を模したやつが黙れとばかりに自分に向かって剣を振り下ろしてきた。自分はその剣筋に合わせて右手を動かし、右手を拘束している粘着物質を引っ張って切らせるように仕向けた。

この世界の刃なら、切れるかもしれないと考えたからだ。

「なに!?」

「あ、馬鹿!!」

読みは当たった。あっさりと右腕についていた粘着物質は断ち切られ、右手に自由が戻った。

その瞬間、裏拳の要領で砂龍師匠を模したやつの顔に思いっきり一撃を叩きつけてやる。この一発をもらって剣を手放したのを、自分は当然見逃さない。素早く奪い取って、両足と左手についていた物質を排除する。足の黒い物体もこの剣で叩けばあっさりと拘束が外れた。

「てめえは何やってんだ！　せっかくの拘束を解かれたばかりでなく武器まで渡しちまいやがって！」

「わ、わりぃ」

ゼタンを模したやつが怒鳴り、砂龍師匠を模したやつは謝罪している。やはり、偽物は偽物か。剣の速度も、威力も本物には遠く及ばない。ああ、腹が立つ。こんなやつらに師匠の姿を使われていることが。絶対に、絶対に、絶対に！　こいつらは許さん！　慈悲《じひ》の欠片も要らん！

「お前ら、覚悟は良いな？　大事な人達をここまで辱《はずかし》めてくれんだ……首を取るまで許さんぞ、この屑共《くずども》が!!」

怒髪《どはつ》、天を衝《つ》くがごとしという言葉が一瞬だけ浮かんだ。ああ、今の自分はそれぐらいブチ切れている。だが、心の奥底だけは冷静だ。これは明鏡止水の心を得たからなのかもしれないが……

「できるものならやってみやがれ」

「あんたは一人、こっちは四人よ？」

「すぐ拘束して、もういっかいなぶってあげましゅからねー？　あははははは！」

「俺を殴りやがって、許さねーぜ？」

向こうはそんなことを言ってくるが、恐怖心なんかこれっぽっちも湧いてこない。湧いてくるのは怒りの感情ばかり。こいつらは首を落として、細切れにでもしなければ気が済まない。こいつらが終わったら、赤い虎……お前にも相応の思いをしてもらおうか。ただでは済まさん……

へらへらっとしている師匠達を模した四人は明らかにこちらを侮《あなど》っている……その証拠に、今度は雨龍師匠を模したやつが一人でこっちに進み出てきて、切りかかってくる。だが、遅い。雨龍師匠の速度を一〇〇とするならば、こいつはいいとこ一〇ぐらいだ。余裕を持って避けられる。

「あれ？　あれ？　ちょっと、なんで当たらないのよ？　私が気持ちよくなるためにもさっさと切られなさいよ！」

「じゃあ、その言葉に応えようか」

回避していたらそんなことを言ってきたので、相手の攻撃に対しカウンターで奪った剣を腹に豪快にぶっ刺した。こんな攻撃、本物には通じない。だが、こいつらはガワだけを似せた存在。動きも段違いに鈍い。なのでこんな普段やらない攻撃も容易く当てられる。

「へ？　え？　あ、ああ、あああ!?」

突き刺してから数秒後、自分の腹に剣が突き刺さったことをようやく認識したらしい。痛みもやって来たようで暴れ始めて、吐血している。吐き出した血も真っ黒なんだが、多分血だと思う。

そんなやつの姿を見ても、気持ちはちっとも晴れない。この程度で許すなんてありえない。

「遅い。師匠なら余裕で避けるどころか反撃をこっちに叩き込んでいるぞ。そんな遅いお前の攻撃など、当たることが難しすぎてあくびが出そうだ」

そのまま突き刺した剣をえぐってより痛みを増幅させてやる。耐えられなくなったのか、手に持っていた剣を取り落とし、後ろへと倒れ込む。そこで剣は抜けたが……今度は心臓付近を狙ってもう一度突き刺した。

「ぎゃがうあぁ⁉」

「楽に逝《い》けると思うなよ……」

と、さらなる追撃を決めていたら流石に他の三人が襲いかかってきた。だが、その三人が来てもなぁ。動きが遅いから回避は難しくないし、攻撃もへっぽこ。拘束されている相手を嬲ることしかしてこなかったから、こんなことになっているんだろうか。

もちろん、だからといって情けをかけるなどありえんがな。仕掛けてきたのは向こうの方だ。捌《さば》き、反撃し、確実に一人ずつ戦闘不能に追い込んでいく。くっそ、恩人や師匠の姿でいるということが本当に腹立たしい。第三者が見たら、ここまで切れている自分の行動を見てあれこれ言うかもしれないな。だが、そんなのは知ったことじゃない。

「貴様らがいくら詫びようが、泣き叫ぼうが、結末は変わらない」

すでにこいつらの姿は傷だらけだ。さらに苦しませようとしたところで、この世界が終わるという感覚を覚えた。おそらく五分経ったのだろう……なので、全員の首を落としておいた。くそ、もう少し後悔させてやりたかったのに……仕方がない。

一瞬意識が遠くなり、再び意識が戻ると自分は黒い玉を手に持った姿で立っていた。

「おお、アース！　成功したん――」

レッドが声をかけてきたが、それを無視して自分は黒い玉を握り潰した。破片が宙に舞い、そして消えた。

その行動で、明らかに何かあったと他のメンバーも察したんだろう。場の空気が一瞬で変わる。

『ほう？　分かりやすい殺気をここまで素直にぶつけてくるとはな。だが一応言っておこう、お前は五分間、その闇の玉が見せる世界を耐えた。勝負はお前達の勝ちだ、お前達の望み通りに死ぬまで眠り続けるつもりだが……どうするかね？　直接戦うことを望むかね？』

怒りは当然収まっていない。だが、ここで自分勝手に攻撃を仕掛け、周囲に被害をもたらすことは良くないと考えられるぐらいにはまだ冷静さが残っている。

闇の世界ではこいつにも相応の思いをしてもらおうと考えていたが、それはあくまで自分の勝手な考えだ。我慢して呑み込むしかないのか？

「アース、本当にどうした？　いったいお前はあの世界で何を見てきたのだ？」

「恩人や師匠の姿を模した連中に、拘束された状態で下品な言葉を投げかけられながら嬲られた」

自分の冷たい声を聞いて、尋ねてきたザウさんが一歩引いた。

「だが、途中からその拘束を脱し、姿を模した愚か者達には相応の結末を迎えてもらった。特に、もう二度と会えない恩人と、師匠の姿を模して下種なことをやらせたお前に対しては――」

と、自分の視線と殺気を受けながら話を聞いていた赤い虎は――静かに頭を下げた。

『――あの黒い玉がどんな世界を生むかはこちらも制御はできぬのだ。だが、それでも達成するのがある程度難しい場所で目的地を目指すとか、恨みつらみが残らない我慢大会のようなものをするのがせいぜいのはずだったのだ、すまぬ。なぜあんなものになったのかはこちらも想定外の事故……』

自分の視線から目を逸らさず、赤い虎は喋り続ける。

『なぜあそこまで激高していたのか、見ていた時は攻撃されたことによる怒りだと思っていた。あの黒い玉が見せる世界を、見ることはできるのだが声などは聞こえぬのだ。よもやそのような拷問《ごうもん》を、お前の師や恩人の姿を模した者にやらせるような世界を生むとは……その点に対しては素直に詫びさせてもらう。あまりにも愚かしく、苦しめるような試練はこちらとしても望んではいなかったのだ。申し訳ない』

こちらから目を背けることなく、詫びの言葉を口にする赤い虎。そこに、レッドが声を上げる。

「アース、この虎の言っていることは多分間違いじゃない。アースが試練に挑んでいる間に、話し合いが解禁された俺達はお互いに何をやったのかを共有したんだがな……全員が運動会の種目を難しくしたようなものをやらされていたんだ。ブルーが妨害ありの玉入れ勝負。ピンクは並走者を殴って妨害しながら先に進む大玉転がし。グリーンは妨害ありのアスレチックステージ。イエローが食べた数を競うパン食い競争。あ、パンの中身はカレーだったそうだ」

イエローだからカレーってのは安直すぎないだろうか？　話を聞いている内に怒気も力も抜けてきた。

「ブラックは制限時間いっぱいまでの耐久綱引き。そして俺が制限時間内に要求されたものを見つける借りもの競争もどき。四回目のお題で失敗して追い出されたんだ」

なるほど、確かにレッド達ヒーローメンバーはバラエティ番組にありそうな競技内容だな。そんな穏やかな内容だったら自分だって殺意も怒りも持たずに済んでいただろうに……

「ああ、あの虎の言葉を信じてもいいと思うぞ？　こっちの試練の内容と、アースがやった試練の内容はあまりにも差が激しすぎる。何か別の要因が絡んだのかもしれない。その何かとは何だと聞かれても、流石に分からんが」

ブラックの言うことももっともか……自分一人を狙い撃ちする理由は、あの赤い虎には多分ない。なら、怒気を抱え続けるのも筋違いと考えるべきかもしれない。赤い虎も詫びて、最初とは打って変わって申し訳なさそうにしているし、一種の事故だったのかもしれん。

『話を信じられぬというのであれば、この首をくれてやってもいい。試練を課したが、あくまでそこそこ苦労して勝利を勝ち取ることを前提にしていた。少なくとも、他者の心を攻めて喜ぶような外道《げどう》のする仕掛けを入れるようなことはやらぬ。こちらとしても先の一件は不本意極まりないことだ。故に、お前に首を落とされても文句はない』

ここまで言い切るのなら、赤い虎にとってもあの展開は不本意だったということを信じてもいいのかもしれん。それにこれで手打ちにして終わりにすれば、他の人にも迷惑をかけずに済む、か……

「――分かった。そちらの謝罪を受け入れ、言葉を信じよう。ではこちらの希望通り、ここで静かに寝ていてほしい」

『了解した。大人しくこの身が朽ちるまでここで静かに眠り続けよう』

納得いっていないところはいくつもあるが……これが妥当《だとう》な落としどころだろう。戻ってきた時にこちらをせせら笑うような本当の外道なら刺し違えても殺したが、謝罪と首を差し出す覚悟を見せられてはこれ以上あれこれ言うわけにもいかない。何にせよ、これでダークエルフの人々が大勢死ぬというような悲劇は回避できた、それで良いはずだ。

「とにかく、引き上げようか。やるべきことは終わった」

ルウさんがそう言うと皆は頷き、この場をあとにした。

帰り道の途中で何度も苦いものが口の中に広がる感じがしたが、ぐっとこらえた。依頼は無事達成したけど、個人的にはすっきりとした終わり方とは言えないな……

ダークエルフ長老の家に戻り、事の次第を報告。報告を聞き終えたダークエルフの長老は、しばらく顎《あご》をさすりながら考え事をしていたが、一言こう口にした。

「話は分かった。いくつもの点で今までの討伐情報と一致するところもある。しかし、一つだけ解《げ》せぬなぁ……なぜ彼にだけそのような試練が課されたのか」

これは、もちろん自分の受けた試練の話である。ダークエルフの皆さんは内容を忘れているので除外。ヒーローの皆さんも内容こそ違えど、殺伐《さつばつ》としたものではない。なのに、なぜ自分一人があのような血なまぐさく吐き気を覚えるような内容だったのか。ダークエルフの長老もそこを気にしたようだ。

「その者の虚言《きょげん》という可能性は？」

「戯《たわ》けが！　この者はそのようなことをする人物ではない！　侮辱《ぶじょく》は許さぬぞ！」

長老の補佐っぽい人がこちらの報告に対して意見を口にしたところ、すぐさまダークエルフの長老が大声を出して怒鳴り、否定した。まあ、こちらはダークエルフの最高機密である闇様との交流もあるから、そんな虚言を吐くはずがないという信頼からきた言葉なのだろう。

「済まぬが、もう一度話を聞きたい。彼以外は皆引き上げてよい。報酬も部屋を出る時に支払おう。

ご苦労だった」

ダンジョンに向かった自分以外の面子は退席する。一人残された自分だが……今回の一件を包み隠さず、自分の考えなどを入れず客観的な視点をできるだけ維持したうえで報告した。話を聞き終えたダークエルフの長老はううむ、と声を上げ額に手を当て、何かを考えている様子を見せる。

そして大体二分ぐらい後。

「闇様のお力をお借りする他ない、か……」

「闇様のですか!? しかし、闇様は……」

「大丈夫だ、この者は下手なダークエルフよりも闇様と交流をしている。口の堅さも今までの行動で証明している。我らの機密は漏れぬ」

補佐らしき人に、ダークエルフの長老が言った。

うーむ、確かにこの一件は理由を突き止めなければすっきりとしない。闇様なら何かを感じることができるかもしれない……あまり騒がせたくないけど、行く他なさそうだな。

「我が家に泊まっていくがいい。疲れが抜けた後に、巫女《みこ》を通して闇様に話を伺うこととしよう」

「分かりました、こちらとしても気になっていることですので解決せずにこの場を離れるのはいかがなものかと思っておりました」

自分はそう返答し、宿泊させてもらうことにした。

この日はすぐにベッドに入ってログアウトした。

◆　◆　◆

翌日。ログインしたあとに腹ごしらえを済ませた自分は、さっそく巫女様を通じて闇様との話し合いに臨んだ。すると、闇様は直接会っておきたいとのことなので、以前と同じように祭壇の捧げものを送る穴から闇様のもとへ。壊れてしまってもアンカーの役目は果たせる【真同化】の残滓のおかげで降りるのには苦労しない。

再び全く光が差さない世界に降り立つと、闇様はすぐに姿を現した。相変わらずうすぼんやりとしか見えないが、そこにいるということが分かればいいので特に気にしていない。

「災難だったようだな」

「ええ、かなり精神的に応えましたし、怒りの感情も湧き上がりました。なぜあんなことになったのか……」

巫女様を通じて話そのものは全て闇様に伝わっているので、再び説明する必要はない。上半身が布を纏った女性、下半身が蜘蛛のアラクネーさんが持ってきてくれた椅子に腰かけ、闇様と話をする。あとは闇様が自分を見て、何が原因なのかを探り当ててくれることを願うだけである。

「ふーむ、そうさなぁ。うむうむ……どうやら、邪《よこしま》な陰の気が闇と交わった故に起きたことのようだ。闇は悪ではないが、悪は闇を好む質がある。その邪な気は、お前の知らぬところで取り憑《つ》いていたようじゃな……その性質は逆恨みであるようだな。うむ、無数の羽根を持った連中が僅かであるが見えたぞ」

邪で羽根を持つ連中なんて、有翼人しかいないじゃないか。なに？　あいつらただ倒れるだけじゃ済まなかったってわけか？　で、亡霊《ぼうれい》のようなものになって取り憑いていた、と。

「そして、その試練とやらを好機と見て行動を起こしたようだ。だが、結局はお前の怒りを招いただけだった。さらに実体化したところで、そやつらはお前に首を飛ばされている。そのような明確な死を告げる行為を受けた以上、やつらはもう怨念《おんねん》としての己を維持することはできないらしい。今もお前の周囲で声なき声を上げながら徐々に消失していっている」

だから、あんな試練内容になったのか。こっちの心だけでも壊してやるっていう心づもりだったのかもしれん。消失しているなら、もうあのようなことは起きないと見ていいんだろうか？

「しかし、我には聞こえる。鬱陶《うっとう》しい連中よ。故に、我がお前の体からそいつらを吹き飛ばしてこの場に閉じ込めてやろう。そして、この場でお前に対してやったことの責を負ってもらわねば、我としても納得がいかぬのでな……ただ消えるだけで済ますなど、この我が許さぬよ」

そう言うが早いか、闇様は自分の近くに顔を寄せてから口と思われる部分を大きく開け、何かを言い放ったように見えた。だが、髪の毛は全く揺れず、闇様の口からは何も聞こえない。何かが聞こえてきたのは、自分の後方からである。

「おおお、おおおお！」

「バカナ、そんなばかな！」

「我らが恨み、我らが恨み！」

「離された、なぜなぜなぜ！」

「痛い！　ああ痛い！　どうして、どうして！」

男でもあり、女でもある、色々入り混じった声が聞こえてきた。こいつらが、知らないうちに自分に取り憑いて機会を窺《うかが》っていたというのか。ふざけやがって、お前らが滅びたのは、自分勝手なことばかりして地上と地下の命を玩具にしてきたからだろうが。残念ながら声だけで姿は見えないため、この辺にいるだろうなーってくらいしか自分には感じ取れないが。

「醜《みにく》いのう、己のしたことを棚《たな》に上げて一方的に他者を呪《のろ》うとは。自らの悪事が原因で滅ぼされたなど、彼らは考えておらぬ。逆恨みの権化《ごんげ》のような存在だな」

闇様の感想はそういうものらしい。まあ、自分と大差ないな。

こいつらがもし、もっとまともに地上や地下と交流をしていたのであれば、戦う理由そのものがなかったんだから。過去にそういうことをしても、今はきちんと己の行動を悔いて、相応の行動をしているのであれば、自分は刃を向けたりはしていない。

「闇様。この者達を今後どうなさるおつもりでしょう？　正直、私としてはこの場で切り捨てておきたいぐらいなのですが」

「お前の気持ちもわかる。だが、我はそれだけでは許せぬのよ。故に、こうするのだ」

闇様はそう言うと複数の闇の塊を空中に生み出し、地面に叩きつけた。それとほぼ同時に無数の悲鳴が聞こえてくる。

「時間をかけて、ゆっくりと万力《まんりき》のように締め上げてくれるわ。容易く消えて楽になれるなど、我が許さん。我の手でお前達に罰《ばつ》を与えられるいい機会だ、存分に苦しませた後に残滓の欠片も残さぬほどに消し飛ばしてくれるわ」

なるほど、それは良い。切り捨てたら痛いのは一瞬だものな。相応の報いは消える前に受けていってもらわないと。かわいそうだ、なんて感情はこれっぽっちも湧いてこない。すでにこの世にいないエルや砂龍師匠を侮辱してくれたんだ。この罰でもまだぬるいくらいだ。

「こやつらへの罰は、我が責任を持ってやっておこう。お前は地上へと戻り、事の次第を報告して終わりにして良いぞ」

「分かりました、闇様が対応してくれるというのであれば、自分も安心できます」

ここは闇様に任せてしまっていいだろう。ダークエルフの皆さんも、闇様が直接手を下したというのであれば文句なんて出ないだろうし。

地上に戻り、そんな気持ちで報告したが、まあ予想通りの反応だった。

闇様がやるというのであれば、こちらはそれに従うのみって感じであっさりとしたものだ。

さて、そろそろ他の場所にも行ってみようかな。修業はできなくても、見て回るだけで何か新しい発見があるかもしれないからね。とりあえず、ファストまで戻ってみるか……

なお、ここで今回の件に対する報酬が出たが、ソガさんの財布から出たと書かれていた五〇万グローが上乗せされていた。


ファストに戻る前に、お世話になった豪邸の主に出発することとお礼を述べるため、挨拶に出向いた。

「——ということで、やることもやりましたのでそろそろ他の場所へと旅立とうと思います」

「そうか、また気が向いたら来てくれ。君ならいつでも歓迎しよう」

豪邸の主ともこれでお別れか。もう一回会うかどうかは分からないな、「ワンモア」の終わりも近いから何とも。そんな風に思っていた自分に、豪邸の主がこんな言葉をかけてきた。

「そういえばつい最近、突如人族の街ファストの近くに大きな塔が姿を現したという話は聞いているかな？　私もメイドを派遣して確認させたが……その姿を極力精密に描いてもらったのがこれだ。

見てみるといい」

塔？　ファスト付近にそんな建造物は存在していなかった。だから、本当に突如現れたのだろう。その塔、多分「ワンモア」のラストイベントに関わってくるものだろうな……そうでなきゃ唐突に現れるなんてあるはずがない。絵を見せてもらったが、塔は二つ、黒い塔と白い塔。だが何よりその外見は、見覚えのあるものだった。

（これ、人間のＤＮＡの二重螺旋《にじゅうらせん》じゃないか）

二つの塔の合間には、一定間隔で橋と思われるものが架けられている。二つの塔は行き来することができるのかもしれない。その橋も含めて塔を見ると、人間のＤＮＡを思い出させる形なのである。わざわざここまで似せてくるということは、無関係とは思えない。

「何とも奇妙な塔だ。二つ並んで立っているというのであればまあ、分からんでもない。一定間隔で橋があるというのも、まあいい。しかし、なんでこんな捻《ねじ》れた塔にする必要があるのかが分からん。普通に塔を建てるよりもはるかに建造が面倒で、利点など何もないと思うのだがな……描いてきてくれたメイドも、こんな形にする理由が理解できないと言っていたよ」

豪邸の主の言い分はもっともだ。普通はこんな捻れて絡み合うような塔を作る理由はないだろう。つまり、塔の姿そのものがメッセージなのではないだろうか？　人が挑むのはこれなのだと。そして、これが最終イベントの地になるのだろうな。

「これは、一度自分の目で見ておいた方が良さそうですね。放置しておくような気分にはなれません」

もしかしたら、近くまで行けば何か説明が書かれたものを発見できるかもしれない。なかったとしても、プレイヤー同士で話をすれば、自分の知らない情報が手に入る可能性はある。

「今のところ、その塔から何かが出てきたということはないようだが、注意しておいた方が良いだろう」

豪邸の主の言葉に頷く。「ワンモア」の終わりが一年を切るまでにまだ二か月の猶予《ゆうよ》があるから、今は塔が何の動きも見せていなくてもおかしくはない。

もちろん、この予測は塔がラストイベントの舞台であるという予想のもとに成り立つ話なので、そうでないのであれば、いつどうなるかは分からない。だからこそ、確認すべきだ。

「では、これにて失礼します」

「ああ、また会おう」

豪邸の主と最後に握手をし、その場をあとにした。さて、さっそくファストへ向かおう。

13

ハムスターっぽい見た目のキーン族、とらちゃんの案内で森をスムーズに通過し、エルフの村からある程度距離を取って人がいないことを確認。それから本来のサイズに戻ったアクアに乗って一気にファストの近くまで。ここまで来れば、塔はもう嫌でも目に入る。

「でかいな」

「ぴゅい」

凄まじいでかさだった。絵を見て個人的に予想していた塔のサイズよりも数十倍はでかい。白と黒の塔が、まさに人のＤＮＡの形を模した姿で立っている。天辺《てっぺん》は雲に覆われているので見ることが叶わない。こんなサイズの塔が突如現れたんだから、ファストは大混乱だっただろう。

「とりあえず、もう少し近づいてみるか」

「ぴゅいぴゅい」

ここまで乗せてもらったアクアには再び小さくなってもらい、塔を目指す。塔の近くに行くまでに、大した時間はかからない。ただ、塔の周辺には正体不明の金属でできている柵《さく》が設置されており、これ以上近づくことはできないようだ。ここにいるのは当然自分だけではなく、プレイヤーや「ワンモア」世界の住人がごった返していた。

「近くで見ると、でかすぎるな」

「モンスターが湧くとか、そういうことはまだないんだよね？」

「誰がこんなものを作りやがった」

「目的が分からないよね」

「これが最終イベントなんじゃない？」

「最終イベントなら、あと二か月ちょっとで解放されるんだろうな」

誰も彼も、やいのやいの思っていることを口にしていた。イベントなんじゃないの？　ってワクワクしているプレイヤーとは対照的に、「ワンモア」世界の人達は厄介事が起きなければいいが……という雰囲気を出している違いはあるが。

塔の周囲にもこれといった説明は一切なく、現状でこちらからできるアプローチは一切ないという感じだ。単純に時間が経過すれば何らかの動きを見せるだろうから、今回は実物を見て場所が分かっただけでいいだろう。動きがあれば、掲示板でのやり取りが激しくなるだろうし……この塔について話している掲示板は……ああ、あった。ここをマークしておこう。

さてと、次はどうするかな……掲示板を開いたついでに確認してみたんだけど、どこもかしこも狩場とモンスターの奪い合いって状況はちっとも改善されてないみたいなんだよね。

ダンジョンも人でぎっちりらしく……妖精国《ようせいこく》にある知り合いのダンジョンマスターが運営しているところもプレイヤーが殺到《さっとう》しているようだ。

「痛風の洞窟」に行ってみるかな？　久々だし、あそこにある闘技場《とうぎじょう》で猛者《もさ》達に勝負してもらえれば経験を積めるだろう。それに、今の自分ならあそこにいる猛者達とも真っ向勝負ができるかもしれない。他にも迷路をクリアできずに撤収してしまったことも思い出したから、この機会に挑み直しておきたい。

「よし、次は獣人の国へ行こう」

「ぴゅい！」

新しい目的地を定めて、自分は塔の前から立ち去る。周囲に人がいなくなったら今回もアクアの力で運んでもらえば、あっという間に国境付近まで到着。国境を越えて「痛風の洞窟」の近くにある街まで徒歩で移動……時間的にはそれでログアウトかな。

（道具屋に顔を出して、「痛風の洞窟」に挑むための道具を揃えるのは明日でいいや）

モンスターの影はちょくちょく見るが、なぜか自分には襲いかかってはこずに逃げていくばかりだ。その逃げるモンスターを近くにいるプレイヤーが追いかけていく光景が、何度も繰り返されている……ほんと、行く先のどこにでもプレイヤーがいるな。目が血走ってる人も複数いるのが怖いよ……

そんな道中を終えて街の中へ。宿屋を見つけ、部屋を借りられるかと聞くと空き部屋があるとのこと。この宿屋が、「痛風の洞窟」への出入りを終えるまでの拠点かな……時間もいいし、今日はこのままログアウトだ。明日、道具を整えて「痛風の洞窟」に挑もう。

◆◆◆

翌日、ログインして「痛風の洞窟」に挑むための準備を始める。

とはいっても、防寒具などはあるから道具屋に行って寒さ対策のアイテムをいくつか買うだけなのだが。久しぶりにマリアちゃんがいる道具屋に顔を出してみるかと、この時の自分は軽い気持ちだった。

しかし、到着する少し前から、複数の男女の怒鳴り声が聞こえてくる。声は道具屋に近づくほどに大きくなってきているな……小走りで道具屋が見える場所までやって来たところ、十人ぐらい……正確に数えると十二人のプレイヤーがお店の中に向かってあれこれ叫んでいる。何があった？

「ですから、すでにその商品は売り切れてしまっているのです！　今すぐ用意しろと仰られても無理なものは無理です！」

この声は、道具屋の店主でありマリアちゃんの父親――おっちゃんの声だな。かなり苛立《いらだ》っているみたいだ。

「それを何とかするのがアンタの仕事だろうが！　こっちは時間がねえんだよ、今すぐ『痛風の洞窟』に潜って訓練してえんだ！　金なら出すって言ってんだろうが！」

こっちは男性プレイヤーの言葉。金なら出すって言ったって、売り切れているものをすぐに用意しろなんてのは無理だって、「ワンモア」プレイヤーなら知っているはずなんだがな。

公式で発表された最終イベント開始までに、少しでもスキルのレベルを上げておきたいから焦っているのかもしれないが、その要求は無茶だろう。

「お金をいくら出されても、今すぐは無理です！　せめて少し時間をいただかなければ製作することすらできませんよ！　お急ぎになられていることは十分わかりますが、こちらとしてもないものはないと言うしかないんですよ！」

ない袖は振れない、ってやつだな。おっちゃんの言い分は当然だ。

「私達も急いで作ります、ですから一日だけでもお時間をください。お父さんが言っている通り、本当に今はないんです」

これはマリアちゃんの声だ。以前より少し大人びた雰囲気を受けるな……次の瞬間自分は急いで駆け出した。なぜなら——

「一日も悠長に待ってられねえよ！　こうしている間にも戦ってる他の連中との差はどんどん開いていく一方なんだからよ！　そんなことも分からないガキがしゃしゃり出てくるんじゃねえ！」

そんなことを口にした男性プレイヤーが、マリアちゃんを蹴るようなそぶりを見せたからだ。《風魔術》の《ウィンドブースター》を使って、急いで男性プレイヤーとマリアちゃんの間に割り込み、蹴りを受け止める。男性プレイヤーは自分を見て驚いた表情を浮かべる。

「なんだよお前は？」

「いくら何でも、鍛えられた体を持つ冒険者が子供に蹴りを見舞おうとするのはマズい。最悪殺してしまう可能性だってあるんだぞ」

自分は男性プレイヤーにそう言ったが……蹴りの勢いや速度からして、直撃していたら多分マリアちゃんは良くて大怪我、悪ければ——それぐらいの威力があった。冗談なんて言葉では許されないレベルの危険行為に他ならないぞ。

「流石にそれはマズいぞ」

「やり過ぎよ、止めてくれた人に感謝した方が良いわ」

他のプレイヤーも蹴り飛ばすのは危険極まりない行動と判断したようで、蹴りを繰り出したプレイヤーを窘《たしな》める。しかし、今度はマリアちゃんの父親が激怒した。

「娘になんてことをしてくれるんだ！　こちらの方が咄嗟《とっさ》に庇ってくださらなかったら、今頃マリアは……お前達にはもう二度と何も売らない！　立ち去れ、立ち去らなければ自警団を呼ぶぞ！」

が、マリアちゃんの父親にそう言われて、この場にいたプレイヤーの一部はさらに反発した。

「うるせえ！　元はと言えば商品を潤沢《じゅんたく》に用意しておかなかったそっちの責任じゃねえか！」

「そうだ、さっさと売ればこっちだってそんなことをやらなかったさ！」

「こっちは正当な対価で買う用意があったのだから、そっちの手際の悪さが原因じゃない！」

おそらくだが、プレイヤー側も残り時間がはっきりと分かる状況でなければ、しょうがないから一日待つと言えたんだろう。しかし今は残り時間がはっきりと示されている以上、少しでも多く戦いたいと考えているが故の短慮《たんりょ》と思われる。

とにかく、この場もそういったことが原因で険悪ムードが漂ってしまっている。もう完全に対立することを決めたマリアちゃんの父親と、睨み合うプレイヤー達。厄介なことになってしまったが……道具屋はここだけではないはず。他では売っていないのだろうか？　聞いてみるか。

「質問いいかな？　この北街には他にも道具屋が複数あったはず。この道具屋にこだわる必要はないのでは？」

この自分の質問に対して返ってきた答えは……

「ああ？　知らねえのか。他の道具屋は防寒具こそ扱ってるが、ここの店にある各種耐寒アイテムはねえんだよ！　そして『痛風の洞窟』は防寒具だけじゃ突破できねえ！　魔王領に入る時だけ借りられる耐寒アクセサリーがあれば別かもしれねえが」

あれま、そうなのか。この道具屋以外利用したことがなかったから、それは知らなかったよ。

「だから何としてでもそのアイテムを手に入れなければ、途中の吹雪で凍死しちまうから進めねえ。だからこうして、そんな重要なアイテムを切らした店主に何とかしろって要求してるんだろうが、無知野郎が邪魔するんじゃねえよ」

その男性プレイヤーは自分に向かってそう言うと、首を掻《か》っ切って死ねのジェスチャーまでやってきた。少し苛立ったが、まあ、これぐらいなら可愛い方か。

「しかし、そう詰め寄ってもないものはないんだから、どうしようもないだろうに。時間が惜しいってのは十分に理解するが、だからといってここでごね続けても何にもならないと思うが」

この自分が発した言葉に何かが切れたんだろう。先ほどから激しく騒いでいる数人のプレイヤー達が今度は自分に詰め寄ってくる。

「そんな正論、今は何の役にも立たねえんだよ！　俺達は今！　すぐ！　必要なんだよ！　てめえが自治厨《じちちゅう》かどうかはどうでもいいが、解決できねえなら首を突っ込んでくんじゃねえよ、屑が！」

そのうちの一人がそう吐き捨てるかのように言うと、自分に向かって唾《つば》を吐きかけてきた。自分がその唾を反射的に躱《かわ》すと、ますます目の前にいるプレイヤーは苛立ったようだ。

「お前、俺達を馬鹿にしてんのか⁉」

「吐き出された唾を避けただけだろう⁉」

流石に理不尽じゃなかろうか？　攻撃したわけでもなく、挑発したわけでもないのに。唾を避けられただけでそこまで腹を立てるのか⁉　いや、唾はきっかけの一つに過ぎないか。ライバルは戦って能力を伸ばしている真っ最中なのに、自分はこんな場所で足踏みをしていることから来る焦りと苛立ち。それがたまたま吐いた唾を回避されるということが引き金になっただけ。

「ちっ、ならＰｖＰを受けろ！　お前のことははっきりとは分からねえが、プレイヤーなんだろ。俺達にうだうだ言えばどうなるかを、そこの道具屋に実際に見せてやる。そうすりゃ、俺達にものを売る気になるだろうよ」

直後、ＰｖＰ申請が飛んでくる。おいおい、こっちは一人で向こうは五人かよ。

しかも勝ち抜きなんかのルールもなし。つまり向こうはこっち一人を五人がかりで袋叩きにするっていう、対戦ではなくてリンチ行為をするつもりなんだろう。だが、自分はその申請を迷うことなく受ける。

「へえ、受けるのか。弱虫にしちゃあ上等じゃゃ――」

「弱虫はお前達だろう。一人では何もできず、複数で固まって少数を叩くことしかできない。典型的ないじめっ子の思考だ」

向こうの言葉を自分の言葉で塗《ぬ》り潰す。それに、苛立っているのが自分達だけだと思うなよ？　こっちだって、知り合いをここまで攻撃されて腹が立ってたんだ。もちろんここまではそれを表に出さなかったが……ＰｖＰを『挑んできた』んだから、こっちも相応の行為をしても構わないよな？

「言うじゃねえか。後悔すんなよ」

「後悔するのは、どっちかな……？　盛大に大勢の人の前で恥を晒せ」

対戦の様子は誰もが見られるルールになっているので、戦いの全てがここにいる人に伝わる。そう、騒ぎを聞きつけて集まってきた獣人の皆さんにも存分に見ていただけるのだ。ＰｖＰのエリアに移動した自分とプレイヤー五名は、お互いに睨み合う。浮かび上がったカウントが進む。

「いつも通りやれば余裕だ。つまらねえミスだけはすんなよ？」

「「「「おう！」」」」

なるほど、そんなかけ声一つで全部分かるってことは、このやり方に慣れるほどやってきているってことか。なら、こっちも遠慮なく叩かせてもらおう。今までやられたと思われる人の分まで、な。

カウントがゼロになると同時に、重鎧を着込んだ五人のうちの一人が大盾を構えて自分の前に立ち塞がった。さらにマリアちゃんを蹴ろうとした片手剣と盾を構えたプレイヤーが、自分に突っ込んでくる。

「こうしてぴったりとくっついちまえば、弓使いなんざ何にもできなくなるってのは分かってるんだよ！」

――ふむ、こうして一人が積極的に攻撃し、一人が後衛を護り、タイミングを見計らって後衛の高火力を相手に押しつけて圧倒するってやり方か。動きがスムーズだな、やっぱりこのやり方を相当数やっているんだろう。ただ、自分に攻撃をしてきているやつの動きは雑だな。ただ剣をブンブン振り回しているだけで、型も何もない。

「おらおらおら！　避けるだけで精いっぱいだろう？　もっと無様に踊《おど》れよ！」

無様に踊れ、ねえ。こういう戦いを踊りに例えるってのは結構あるもので……と、一つ閃《ひらめ》く。

うん、じゃあ踊ろうか。この手の相手はただ倒しただけじゃ心が折れないだろうし。相手の攻撃をただ避けるだけではなく、わざと一つ一つダンスのようなモーションで回避してみる。

「踊るってのはこういう感じでいいのかな？」

自分が踊りながら回避し、声をかけてみると、見る見るうちに相手の顔が真っ赤になる。

「馬鹿にしやがって！　そんな余裕を見せていられるのは今だけだってことを教えてやる!!」

相手の手数が増えた。でも、増えても脅威は全然感じないなぁ。雨龍師匠のような鋭さも砂龍師匠のような力強さも一切ない、ただの手数を増やしただけの何の圧力も感じない攻撃。

むしろ数を増やしたことでますます力が抜けて、ヘロヘロになっているだけにしか思えないんだが。これじゃ剣がどんなにいいものであっても、性能を発揮できないだろ。

結果として、自分の踊りを止めることなどできずに、ただ相手が疲れるだけとなった。自分はまだ剣を一回も振るってないし、矢を一本も射かけていない。なのに目の前にいるプレイヤーは剣を杖のように使って、荒くなってしまった呼吸を整えているありさまだ。ここで【レガード】でも【ガナード】でも抜いて首を一閃すれば一人減るんだが……今はあえてそうしていない。

「なんで……当たらねえんだよ……」

「攻撃だったの？　ダンスの相手じゃなくて？」

それを聞いて、また分かりやすく顔を真っ赤にし、歯ぎしりまでする片手剣のプレイヤー。だが、その顔がすっと元に戻ると、後ろに下がるそぶりを見せた。

ああ、そろそろ後ろにいる魔法使いの魔法詠唱が終わる頃かな。

「おい！　ぶちかませ！」

「あいよぅ！」

うん、予想通り後衛三人……彼らの詠唱した魔法が自分に向かって飛んでくる。小さく唱えたのか、魔法名を聞き取ることはできなかった。

飛んできたのはでかい火球とぶっとい氷の槍と、直撃したら押し潰されそうな巨石。それらの魔法に対して、自分の取った行動は……後ろに下がろうとした先ほどまで自分に攻撃を仕掛けてきたプレイヤーの足を、【レガード】の刃を伸ばして引きずり寄せることだった。

「なっ⁉」

「盾ゲット。そんじゃ行ってらっしゃい！《ハイパワーフルシュート》！」

引きずり寄せた片手剣プレイヤーを、蹴りのアーツ《ハイパワーフルシュート》で空中に打ち上げた。その先には、飛んでくる魔法があるので……見事に三連続で直撃を受けてくれた。

まあ同士討ちはないからただのノーダメージな誤爆ってことになるんだが、爆発やらなんやらで煙《けむり》が発生し、自分と魔法を使った連中&それを護っていた大盾使いの視界を塞ぐ。

その爆発に紛れて、自分は《大跳躍》と《フライ》のコンボで相手の背後に静かに回る。

相手は「あいつ、俺達の仲間を盾にしやがった！」とか「まずい、見えなくなっちまったぞ！」とかのんきなことを叫んでいる。見えなくなったのなら、もっと早くどう相手が動いてくるかの予測を立てないと、こうなるということを教えてあげよう、彼らの体に直接。

「⁉」

一番後ろにいた後衛の一人の口を後方から無理やり塞ぎ、【ガナード】を背中に深々と突き刺す。

相手はくぐもった声を上げるのが精いっぱいで、力尽きて倒れた。まだ後衛二人は前方にばかり意識がいっていたので、もう一人を同じ方法で仕留めさせてもらった。ここでやっと、後衛最後の一人が自分が後ろから攻撃していたことに気が付く。

「後ろ、後ろに回ってやがった！」

「なに!?」

大盾使いが驚きの声を上げるがもう遅い。大盾は防御力がある分機動力に欠ける。大盾使いが来る前に、最後の後衛も【ガナード】の刃の錆となる。これで邪魔な後衛三人は全滅だな。

「どうやって後ろに回りやがった!?」

「《大跳躍》って知ってるか？　高くジャンプできるアーツなんだが……そいつを使って、そちらが生み出した煙に乗じて上から後ろに回らせてもらった」

それを聞いて、大盾使いが歯ぎしりする音が聞こえる。常に想定通りに相手が動くと思うなよ、と言いたいね。

「だが、まだ俺がいる。俺の盾にやわな矢による攻撃など一切通じない。じっくりと確実に倒させてもらおう」

大盾を構え、手には片手で使えるようにした槍を持ってじりじりと距離を詰めてくる大盾使い。だが、《危険察知》で見えているんだよ。お前さんの後ろから、さっき自分が盾にした片手剣プレイヤーが向かってきているのは。おそらく大盾使いが最大限に自分の気を引いたところに、上から飛び込んできて頭を叩き割ろうって考えだろうな。

自分の見立て通りに、大盾使いは盾をしっかりと構えて槍を適度に突き出しつつ、自分をけん制する。うん、この大盾使いの練度はなかなか高い。盾の構え方も、槍を突き出す速度や動きも片手剣プレイヤーとは比べ物にならないぐらい洗練されている。なので、自分もその動きに迂闊《うかつ》に手が出せない……様子を演じる。

そんな状態が十五秒ほど続いたところで、片手剣プレイヤーが大盾使いの後ろから飛び込んできた。ただ、手に持っているのは片手剣ではなく馬鹿でっかい包丁みたいな両手剣らしきもの。だが、遅い。体を半身ずらして余裕の回避。もっと振り下ろしを速くできなかったのかね？

「な!?」

「馬鹿な、避けられた!?」

一方で向こうは素で驚いたらしい。向こうにとっては必殺の策だったのだろう。驚きと焦りの感情がこっちにも届くぐらいだ。うーん、でもこれで手の内はお終いなのかね？　あの大盾使いの練度からすれば、もう少し何かあってもいいと思うんだけど……ま、いいかどうでも。向こうもやりたいことはある程度やっただろうし、そろそろ攻めるか。

【八岐の月】を手に持ち、矢を一本番える。狙いは大盾使い。そのご自慢の大盾が、やわな矢によって貫かれるところを自分の目で見てもらうこととしよう。狙われていると知って、当然大盾使いはその身を盾の後ろに隠す。さあ、撃ってこいと言わんばかりの体勢に入ったことを確認し——

「《ソニックハウンドアロー》」

アーツの矢を放つ。加えて特殊効果で幻影の矢も二本飛び、三本の《ソニックハウンドアロー》が同時に大盾に突き刺さる。《ソニックハウンドアロー》は矢による攻撃だけではなく、空気の振動による衝撃でダメージを与えるアーツ。それらが三本同時に、そして【八岐の月】の高Ａｔｋが乗った状態で当たるとどうなるか——その結果がこれ。

「ぐああああああ!?」

派手にぶっ飛んでいく大盾使い。彼は重量が一番重い重鎧を着込んでいたが、そんなもの、自分が怒りの感情をもって放ったことで〈憤怒《ふんぬ》〉のパッシブが発動し、さらなる火力が乗った【八岐の月】の前ではあまり意味がない。流石にツヴァイやグラッドの持っているレベルの強い装備だったらここまで派手にぶっ飛ばせないだろうが、彼らはその域に達していない。

「グハッ！」

宙に浮けば落下もある。自分の装備の重量込みで地面に叩きつけられる形となった大盾使い。が、さらなる追撃が彼を襲った。そう、ご自慢の大盾が彼の上に直撃したのである。それがトドメとなったらしく、力尽きた。【八岐の月】のぶっ飛び性能だからなせる業《わざ》だな、こりゃ。

だが、すっとしたのも事実か。今後彼が弓を軽んじることはなかろう。

「さて、一人になったな」

「ひっ⁉」

自分としてはただ淡々と事実を告げただけなのだが、それがかえって怖かったのだろうか？　最初の勢いはどこへやら、今や震え上がる一人の片手剣プレイヤーの姿がそこにはあった。

「こ、ここ、降参、降参する！　だからもうやめてくれ！」

『降参機能はＯＦＦになっています』

「あああああああ⁉」

コントか何かか？　自分で設定しておいて自分で要求して自分で絶叫してるよ……まあいい。

こいつはマリアちゃんを蹴ろうとしたんだ。それも、死にかねない威力でな。もちろん、相応のお礼は必要だ。嫌と言っても受け取ってもらう。

「そろそろいいか？」

「い、いや、悪かった！　だから、な、分かるだろ？」

「そうか、悪かったって理解したのか。じゃあそれを忘れないようにしっかりと体で覚えてもらわないと」

「く、来るな、うあああああ！」

ホラーゲームのデッドエンドみたいな叫び声を上げるが、当然容赦しない。

しっかり時間をかけて理解していただきました。まったく、小さい子を殺すような行動を取る外道にはしっかりとした仕置きが必要だよな。


お仕置きを終えてＰｖＰフィールドから外に出てみれば、大盾を持ったプレイヤーが、真っ青なプレートメイルに綺麗な羽根つきサークレットを装備している女性に対して、詰め寄っていた。

「出てきた、あの男です！　あの男の持っている奇妙な弓はチート品だと思われます！　ＧＭ《ゲームマスター》、すぐに調査をお願いします！」

ああ、大盾をしっかり構えて防御態勢を取っていたのに、あっけなく吹っ飛ばされるのはおかしいと考えちゃったのか。そう捉えられてもまあ、考え方そのものは理解できなくもない。

しかし、この弓は多くの方々の協力を得て完成している大事なものだ。それを軽々しくチートの一言で片付けられるのは非常に腹立たしい。

ゲームマスターと思われる女性がゆっくりと近寄ってきて、自分に一礼した。自分は弓を手に持ち、ゲームマスターが良く見えるようにする。

そして一分くらい後、調査が終わりましたとゲームマスターは呟いた。

「こちらの方の持っている弓は、不法な入手方法によるものではありません。製作経過も確認し、正当なものであることが確認できました。よって、ペナルティが与えられることはありません」

ゲームマスターの言葉に、訴え出た大盾使いだけではなく周囲の人達も驚きの表情を浮かべた。

重鎧を着込んだプレイヤーを吹っ飛ばした弓矢がチート品じゃないということを、受け入れられないのかもしれない。

「そんな馬鹿な！　じゃあ、どういう素材を使えばあんな弓が作れるんだ！」

「攻略情報などを、ゲームマスターである私が口にすることはできません」

「ワンモア」のゲームマスターはあくまでユーザー同士の話し合いやり取りでどうにもならなかったり、チートをはじめとした不法行為に対処する存在であって、攻略情報を教えるためにいるわけではない。

ゲームマスターの女性は「もうお話はないようですね、それでは失礼いたします」と言い残して姿を消した。

そして一斉に目を向けられる自分……の持っている【八岐の月】。性能の一端だけだが見せたことで、欲しいと思わせてしまったのかもしれない。背中にしまったが、視線が減る様子は一向にない。やがて、弓を背中に背負った男性プレイヤーが自分に声をかけてきた。

「その弓の材料を教えてくれ」

なので、以前クラネスさんがメモに書いていた内容をそのまま紙に記載して、その男性プレイヤーに手渡すと……表情がみるみるうちに変わった。

「ばっ、こんな素材取れるわけないだろう!?」

「嘘は言っていない。そこに書いてある素材をこの弓には使っている」

もちろん書いていない素材も多いけどね。【ドラゴンの鱗《うろこ》】とか【蒼海鋼《そうかいこう》】とか。メモは周囲にいる人達に回し読みされ、どうやったらこんな素材を集めきれるんだという話になりつつあった。

「売ってくれ、ってのは無理か？」

「この世界にある全てのお金を集めてきても手放す気はない。素材だけじゃなくって大勢の人々の手助けを借りてこの弓は完成している。そんな弓を売ってしまったら、協力してくれた人々に対する裏切りになる」

この弓は本当にいろんな人々と関わって、彼らに動いてもらって完成させたものだ。そんな大事な武器を、ポンと売っぱらえるわけがない。

「まー、弓がなかったとしても君達じゃ勝てなかっただろうけどねー」

「タイマンでやるならまだしも、五対一でやって負けてる時点で、言い訳のしようがねえな」

聞き覚えのある声が耳に届き、反射的に顔を向けるとそこにはガルとジャグドがいた。

「あれ？　グラッド達とは別行動なのか？」

「ああ、そうだぜ。残りの期間は二人一組で訓練するという話になってな。ガルと一緒に活動中ってこった」

自分の問いかけに答えてくれるジャグド。そういう訓練をしているのか。

「この街まで来たは良いが、さっそく騒がしいから見に来たんだが……まさかアースが関わっているとはなぁ」

ジャグドが自分の名前を口にすると、周囲の目がまた変わった。

なんだ？　どこかで悪名《あくみょう》でも高まってたかな？

「アースって、グラッド達と一緒に有翼人相手に戦ったっていうあの？」

「グラッド達とタイマン張れるって話もあったぜ……」

「あいつら、そんなやつに喧嘩売ったのかよ。あっさり倒されるのも納得だ」

――あれまぁ、なーんか予想以上に名前が売れていたみたいだな。と、同時に自分にＰｖＰを仕掛けてきた五人が逃げ出そうとして……ジャグドに捕まった。

「俺もアースほどじゃねえけどよ、小さい子に暴力振るうやつらって嫌いなんだわ。次同じことやってみろ、今度は俺が相手をしてやるぜ」

「ああ、そこには僕も加勢するよー。思いっきり焼いてあげるから……氷漬けや感電もいいかも。方的に弱者を嬲ろうとするやつは最高にムカつくんだよねー」

ジャグドやガルにまで睨まれた連中は、ジャグドが手を離すとみっともなく逃げていった。逃げた方向からしてこの街を出ていくのだろう。これで少しは安心かな。

「皆様、ありがとうございました。あれだけ脅されれば、彼らがここに来ることはないでしょう。

特にアース様には我が娘を庇っていただいて……でなければ、今頃マリアはどうなっていたか……」

場が少し落ち着いたところで、道具屋のおっちゃんが自分達にお礼を言った。

本当によかったよ、間に合わなかったらという時のことを考えて改めてぞっとした。

「ひとまず上がってください、大したもてなしもできませんが……」

「お兄ちゃん、ありがとう」

おっちゃんの勧めと、マリアちゃんのお礼の言葉をもらいつつ中に通された。ここに来るのも久々だなあ。

「改めてお礼を言わせていただきたい。本当に助かりました」

「まあ大半はアースがやったんだけどな。しかし、なんでここまで騒ぎになってるんだよ」

ジャグドが問いかけ、おっちゃんが説明する。大雑把にまとめると、一か月前ぐらいから急に「痛風の洞窟」に挑みたがる人が急増。その人達の要望に応えるべく日々道具を作って販売していたが、生産よりも消費の方が大きく上回ってしまう事態になった。それでも毎日必死で道具を作り続けていたが、ついに材料も切れて、仕入れが終わるまで作れなくなってしまったそうな。

しかし、そんな道具屋側の状況を理解しなかったのが洞窟に入りたがる連中だ。彼らは、例の塔に挑む前に少しでもスキルレベルを上げておきたいから、一日たりとも休みたくない。だから道具屋が材料を切らしたと言っても、お構いなしに売れと詰め寄っていた。で、ついにあのような強硬手段に出るやつが現れてしまったと。

やれやれ、気持ちは分かるが、だからといって急《せ》かせば何とかなることでもないだろうに……

「はー、情けないねー。こんなギリギリにそんなことしてるって時点で、普段の訓練をさぼってると言ってるようなものだよねー」

ガルがそう言いながら、大きなため息をついた。まあグラッドのPTメンバーは常に訓練しているから、駆け込みで慌ただしく動く今のプレイヤー達の行動に思うところがあるんだろうな。

その後、やって来た道具屋の奥さんも交えて話をすることに。ちなみにおっちゃんは本日からしばし休業の張り紙を店先に張りに行った。

「じゃあ、グラッド達はもう全てのスキルを上げ終わっているんだ」

「ああ、全員リミット表記になったからな。ここからはシステム的な強さの更新はねえ。あとは中身の工夫だな」

自分の質問に、ジャグドはそう答えた。流石と言うかなんというか……

まあ、自分は全く焦っていない。まだまだ上げられるスキルはあるけど、別にリミットにしなくてもいいやって思っているし……どうせあの塔の中に入れば、あれこれと戦う必要が出てくるはずだから、そこで上がるだろうし。

「今の状態を見てるとさ、テストが近くなってようやく慌て出す人と同じようにしか見えないんだよねー」

とはガルの言。まあ、すでに育成が終わっている彼らからしてみれば、そう見えても仕方がないだろうな。

「アースはなんで洞窟に入りてえんだ？」

「あー、洞窟の奥の方にいる方々に挨拶と、もう一度そこで出るお題に再挑戦しておきたかったんだ。以前やった時はあまり振るわなかったからね」

そう説明すると、ジャグドやガルはなるほどなーというような表情を浮かべながら頷く。

「アースは顔が広そうだもんな、最後の挨拶に回るだけでも大変そうだぜ」

「そうだねー、全ての国に知り合いがいるんだろうし、時間を考えるとそろそろ始めなきゃいけなそうだよね」

そんな二人の言葉に反応したのはマリアちゃんだ。

「お兄ちゃん、どこか行っちゃうの？　もう会えなくなっちゃうの？」

——そうだな、マリアちゃんにもちゃんと伝えておかなきゃいけないことだもんな。しっかり言っておかなきゃな……

「マリアちゃんは、最近人族の街の近くに大きな塔ができたって話は知っているかな？」

「うん、皆その話をよくしてるもん」

やっぱりあの塔のことは「ワンモア」世界の全ての人の知るところになっている、という認識で構わないようだ。それぐらいのインパクトと存在感があるもんなぁ……一種の観光名所にすらなってそうだし。

「その塔に、自分は挑む。そしてあの塔、一度入ったらここには来ることが難しくなるかもしれないんだ」

「そんな！」

自分の話を聞いて、マリアちゃんの目に涙が浮かび始める。でも、誤魔化しちゃいけない。言うべきことは言わないと。ＲＰＧものはラストダンジョンの中に入ったら、前進するしかないパターンがあるからね。

「それに、塔に上らなくてもね……自分をはじめとした特殊な人族は、この世界にいることを許されている時間の終わりが近づいてきているんだ。だから、塔に挑む挑まない関係なしに、この体が終わりを迎える時はそう遠くないんだよ」

永久の別れが近いことをきちんと口にした。でも、こういうことを言っておけるというのは幸せなんだ。現実では、そんな言葉を言えないまま何の前触れもなしにお別れになるなんて、あっちこっちに転がっている話なのだから。

「そん、なぁ……」

マリアちゃんの両目からは涙が零れ落ち、彼女は自分にしがみついてきた。自分は無言でマリアちゃんの頭をそっと撫でてあげる。彼女にしてあげられることなんて、もうない。せいぜいこうして慰《なぐさ》めてあげることぐらいしかできないのだ。こちらの世界の住人にはなれないのだから。

「この部分だけ切り取って掲示板に流したら、アースロリコン疑惑が起こるな」

「流石に茶々入れはやめてあげてよ。そういう空気じゃないよ」

すかさずガルがジャグドを止めてくれたので、自分は黙っておいた。

「アース、少しここにいてやれよ。今日のようなやつはまた来るだろうし、用心棒としていれば言い訳も立つだろ？　俺達も付き合ってやるよ」

「そうだねー、またあんな馬鹿が来ないとも限らないわけだしさ。ある程度在庫ができて落ち着くまで用心棒として僕達三人がいれば、大半のやつは回れ右するだろうからねー」

用心棒か……そうだな、どうせ「痛風の洞窟」の奥に行く準備が整うまではこの街で時間を潰すことになるのだし、今日のようなゴタゴタがまた起きる可能性は十分にある。それだったらこのお店に用心棒兼簡単なお手伝い役としていた方が心配しなくても済むから、精神的にもいいだろう。

「そうだな、確かに用心棒としてしばらくここにいた方が良いって二人の意見には賛成だ。今日の派手なやり方で話は広まるだろうけど、そんな噂に寄ってくる連中がいるのもまた事実。ここでポイッと投げ捨ててあとはご自由にと言うのは、あんまりにも勝手がすぎるか……どうでしょうか？」

最後は道具屋の奥さんに向けつつ自分がそう言うと、ジャグドやガルは頷いた。

ここに来て話を振られた道具屋の奥さんは驚きの表情を浮かべたが、すぐに引き締め直してこちらに問いかけてきた。

「本当によろしいのでしょうか？　皆様のような方にしばらくいてもらえるというのであれば、夫も仕入れや道具作りに精を出せますが。私達は特に裕福なわけじゃありません、大したお礼はお支払いできませんよ？」

道具屋の奥さんの言葉に、自分、ジャグド、ガルは頷く。

「マリアちゃんに危害を加えられるようでは、こちらとしても心配ですから……自己満足もあるんです、気にしないでください」

これは自分。

「ああいう馬鹿は一度綺麗にしておかないときりがねえ。ある程度見通しがつくまでは、こっちも安心してここを離れられねえんでね」

これがジャグド。

「さっきも言ったけど、自分より弱いと見た相手に平気で暴行するやつって僕は嫌いなんだー。で、そういうやつらがまた来るかもしれないとなったら、きっちりお仕置きしてあげないと気が済まないんだよー」

最後にガル。まあ言い方こそ違えど、今すぐ出ていくつもりはない、しばらく様子を窺って、一定の落ち着きを確認できるまではここを護るということである。

「ありがとうございます、皆様。せめて我が家でくつろげる場所は提供させていただきます。夫にも明日から完全に仕入れや製作に回ってもらえば、そう時間をかけずに要求されている道具を揃えることが叶うでしょう。その間、どうかよろしくお願いいたします」

道具屋の奥さんに頭を下げられ、自分達は再び頷いた。

それにしても用心棒か……ちょっとした時代劇みたいな話になってきたな。

◆◆◆

そうして翌日から始まった用心棒生活。流石にいきなり初日から問題は起こらないだろうとどこかで考えていた自分であったが、そんなことはなかった……

「おい、開けろ！　休みとか何とか言ってるんじゃねえ！　とっとともの売れ！」

そんな声が外から聞こえてきて、自分とジャグド、ガルは顔を見合わせてげんなりとした。

さっそく問題を起こす連中がやって来たようだが、無視するわけにもいかないので三人で店の扉を開ける。

「申し訳ありませんが、先日の暴力騒ぎの影響で店主がしばしの休みをもらっています。お引き取りください」

外にいた集団にそう告げたのだが、向こうははいそうですか、といって引き下がってくれはしない。残念ながら彼らも暴力に訴え出てきたのである。

なんでこうも短絡的なんだ……店を壊すとかしたら、自警団に捕まって最悪処刑なんだが、彼らはそんなことすら分からなくなってしまっているのか。

「しょうがねえな……相手をしてやる、勝負を受けろ」

機嫌を悪くしたジャグドがそう言いながらPvP申請を飛ばすと、ややあって連中が一斉に顔を青くし始める。喧嘩を売った相手が誰なのかをようやく理解したようだ。

まあ、ジャグドやガルも面白がって普段は絶対にしないプレートメイル装備をしているからな。なお張りぼてなので、脱ぐ時はロボットアニメよろしく一瞬でパージできる。

「ジャ、ジャグド!?　なんでグラッドPTのメンバーがこんなところにいるんだよ!?」

「俺達がどこでどうしてようが自由だろうが。それよりもお前らだ、強盗の真似事でもやってんのか?」

ジャグドの眼光の前に、最初の威勢の良さはとっくに消えている。目もきょろきょろと落ち着きがないし、体の方はもっと落ち着きがない。そんな姿を晒すぐらいなら、始めからやらなきゃいいのにねえ。

「もう一度言うが、お前らの行動は強盗そのものだ。望むなら叩き伏せたあとに自警団に突き出して相応の報いを受けてもらうが？　最悪処刑されて［ロスト］する可能性もあるってのは知ってるよなぁ？」

［ロスト］という単語に、分かりやすく硬直する押しかけてきたプレイヤー。ここでキャラロストなんてしたら、取り返しがつかないもんな。それだけは何としても避けたいだろう。

最終イベントのために強くなりたいのに全てを台無しにしてしまうのだから。

「とにかく、今店主はお前らが欲するものを作るために材料の仕入れに走り回っている。だから今は売れねえって言っているんだ。商品ができたら販売を再開するとも言ってる、出直せ。大人しく下がるっていうなら今回だけは大目に見てやる」

そのジャグドの言葉を待ってましたとばかりに頭を下げ、詫びて、逃げ出すように立ち去るプレイヤー達。そして三人揃ってため息をついた。

「昨日の今日であんなやつらが来るとはな」

「掲示板とかで色々調べてみたけど、ここだけじゃないみたいだよー。特殊な場所に行くのに必要な道具を売っているお店にはプレイヤーが押しかけてるってー」

「困ったもんだ……気持ちは分かるが、もはややってはいけないことの見分けすらつかなくなってきているな」

ジャグド、ガル、そして自分の順に先ほどのプレイヤーに対する心境を口にする。ガルの教えてくれた掲示板を見てみると、他にもいくつかの場所で先ほどのような揉め事があり、場所によっては店が一部壊される事件すら起きているらしい。

で、そういったことを良しとしないプレイヤーがお店を護っている。そういうプレイヤーの中には、ツヴァイ達やヒーローチームの名前もあった。

「ああ、あと俺達が協力体制にあった鍛冶屋にも喜ばしくない客が押しかけてきたって、グラッドから連絡もあったな。で、グラッドとゼラァはしばらく鍛冶屋を護るためにそこから動かねえってことにしたらしい。俺達の現状と大差ねえな」

ああ、グラッドもそんなことになってるのか。こりゃ全ての国で同じゴタゴタが起きてんな……

「何もこっちの世界とプレイヤーだけじゃないよー。プレイヤー同士でも、生産系と戦闘系でかなり揉めてる。あれ作れこれ作れって、要求が滅茶苦茶らしいってさー。で、もうお前らの要望は聞かねえって生産職側がキレて、戦闘職もキレるっていうことがあっちこっちで多発してるみたい」

ガルの話を聞き、頭を抱えたくなる。どんな職人プレイヤーだって、時間は有限なんだ。なのに職人側の事情や都合を完全に無視して限りなく要求を積み上げたら、そりゃキレるよ……

ファストの街にいる親方、大丈夫かな？　ここの用心棒生活が落ち着いたら、一度見に行った方が良いだろうな。

「頭が痛くなってくるね、そういう報告を見たり聞いたりしていると……ガルに教えてもらった掲示板も情報更新が全然止まらないよ。それだけ『ワンモア』世界全域でいざこざが起きてるってことなんだよな……うわ、ドワーフの皆さんに喧嘩売った馬鹿が出たらしい」

自分の言葉に、ジャグドやガルも掲示板の確認に回る。掲示板の情報では、ドワーフの方に短期間で強力な大太刀を作れという要求を出して、あまりの期間の短さにドワーフの方が流石に無茶だと断った。そうしたらなんと、注文を出したプレイヤーは拳で殴りかかったらしい。

が、ドワーフさんの鉄拳をカウンターで食らってあえなく撃沈。

するとそのプレイヤーのPTメンバーがドワーフさんに詰め寄って、一部始終を見ていた他のプレイヤー数人が止めに入り、大騒ぎになったらしい。そういった一部始終が収められた動画を見終わったが、表情は反省しているようには見えなかったな。

そんな感じの情報が、まあ次から次と入ってくる。これ、本当に最終イベントに入る前に相当数の［ロスト］プレイヤーが出そうだぞ……公的機関に捕まって処刑って形の、ね。

まあ捕縛されたプレイヤーをなりふり構わず処刑しまくるってことは、流石にないだろうが……

「は、因果応報、自業自得。自分が今何やってるかを分からねえ連中は、相応の報いを受けるしかねえだろ。焦りが出るのは分かるがよ、だからといって何をやってもいいなんて道理を押し通させてたまるかってんだ」

ジャグドの言う通りだ。どんな状態であろうと無法を許していい理由にはならない。だから、少しでもそんな無法者からの被害をこうむりそうになっている人を護らないとな。っと……またプレイヤーの集団がこっちに来る。

「済まない、『痛風の洞窟』に入るための道具を買い求めたい」

「申し訳ないけど、品切れ中だよー。店の主人は仕入れのために走り回っているから、今はいないね」

「ううむ、そうか。やはり品切れか……ところで貴殿らは？」

「用心棒をやってるんだよー。品物が手に入らなくて、ここのお店の人に切れて襲いかかるやつがいるからねー」

武士っぽい喋り方をする大太刀使いのプレイヤーに、ガルが対応する。だが、今回のプレイヤーは襲ってくるようなことはしないな。

「なるほど、あちこちで用心棒のようなことをする者達がいると聞いていたが……皆、どうだろう？　今以上の修業ができないのは惜しいが、我らも用心棒をやらないか？　これ以上プレイヤーの無法を放置していては、何もしなかった我らも同罪となるのではないだろうか？」

武士っぽい話し方の大太刀プレイヤーは、自分のＰＴプレイヤーにそう話を振っている。

「ああ、修業についてはしょうがないと思う」

「だな、流石に目に余ってきているし」

「俺は賛成するぞ、修業は仕方がないと割り切る」

「私も賛成です。我々はあまり強くないかもしれませんが、それでも壁にはなれるでしょう」

「ええ、さっそく困っている店がないか探しに行きましょう」

どうやら、ＰＴプレイヤーは提案を受け入れる方向で進むようだな。

そうだよ、プレイヤー全員が悪党になったわけじゃあない。ただ悪事を働く連中ってのはどうしても目立つからな……ごく一部が暴走しただけだと信じたい。

「それでは失礼する。邪魔をした」

「いいよー、争わないで済むならこちらも楽だしねー」

剣呑《けんのん》な方向に進むことなく、無事に済んだ。

いや、これが本来あるべき姿なんだよな。街中で暴力を振るう、振るわれるのが当たり前なんてことになっちゃあいけない。

それでもほっとしている自分がいる。何せ最初と二回目があれだったからなぁ。

何にせよ、こうして用心棒をやってくれるプレイヤーが増えれば、少しは暴力的なプレイヤーに対する抑止力になってくれるかもしれないな。

世界が）雑談掲示板 No.18020（カオスになってる

122：名無しの冒険者 ID：Gef7323er
予想以上に酷いな。特定のダンジョンや、
入場に特殊な道具が必要なダンジョンは文字通り殺伐としてる

123：名無しの冒険者 ID：gewe8dw3w
入場に必要な道具を売っているお店は
どこも酷いことになったみたいね
最悪閉店しちゃったよ……お店をプレイヤーが壊して……

124：名無しの冒険者 ID：Phfg5emjf
まあそいつらは全員捕まって、
巨額の罰金を支払らう羽目になったそうだが
手持ちだけじゃ足りなくて装備まで売り払って、
最終イベントに参加するのは絶望的って感じに

125：名無しの冒険者 ID：Ogfb7e3re
自業自得。しかし、本当に世界のあちこちで
プレイヤーが問題引き起こしすぎ
もちろんそんなプレイヤーの暴行を止めようとしている
プレイヤーも一定数いるけど

126：名無しの冒険者 ID：RHGgr7y2y
用心棒、自警団、義賊とかだな。本当に大忙しみたいよそういう人達

127：名無しの冒険者 ID：ghk852tge
人間の醜いところをこれでもかと見せつけられている気がするよ……
プレイヤーのせいでカリカリしている
ワンモア世界の住人もかなり多いし

128：名無しの冒険者 ID：EDglytt2e
幸い、全部がそうじゃないって
理解してくれているからまだいいけど……
でも悪い感情は広がってるよね。ほんとにやめて、暴行する人達

129：名無しの冒険者 ID：YFDTGh8f2
そういう連中は、全く聞き入れないんだけどね
もうあと１年ちょっとで終わるから旅の恥は掻き捨て、
みたいな感じで暴れてる。いくら脅したって
品切れの道具がすぐさま補充されるわけじゃないのに、騒ぐなよ……

130：名無しの冒険者 ID：we832oVcs
何度も止めに入ったよ、邪魔をすんなって怒鳴って来たけど
お店の運営を邪魔してんのはあんたらの方なんだよ！
と言い返した。ああイラつく。そういう奴らに限って
雑魚は引っ込んでろとか、今すぐ死ねよとか平然と言うんだよな

131：名無しの冒険者 ID：v2j5etrtf
どこの世界にもいるよね、雑魚は死ねとか平然と言う人
自分が何を言っているのか分かってないんだろうな

132：名無しの冒険者 ID：fth82bErZ
名前も魔王とか勇者とかアニメキャラの主人公だとか
装飾付きとかなんだよね、そういう人って
なに、そういう縛りでもあるの？　って問いかけたい気分

133：名無しの冒険者 ID：Khb82ewr
その手の人はここなんて見ないから、
自分がどう言われているのかも分かんないし、
こちらが何をやめてほしいって思っているかなんて考えもしない

134：名無しの冒険者 ID：llhg8fe2
考える人は、暴力にすぐ訴えたり暴言を吐きまくったりしないでしょ
今暴れているやつらの大半は
考えられないリアル人間的な雑魚なんだから

135：名無しの冒険者 ID：cH5w3ycb
ああ、そういうリアルにいる雑魚だよね
他者に面と向かって暴言を口にする度胸はない
一対一で向き合う覚悟もない
絶対の安全地帯から攻撃することしかしないって

136：名無しの冒険者 ID：Hse53edf1
しかもそいつら止めに入るとすぐＰｖＰを吹っかけてくるんだよな
当然のように多対一で。で、こっちも頭数揃えると
とたんに中止して逃げ出すのがなんとも……

137：名無しの冒険者 ID：Herw823gH
もっと取っ捕まってしまっていいよ、各地で暴力振るってる連中は……
知り合いの店があと少しで潰されるところだった……絶対許さん

138：名無しの冒険者 ID：vJsdh2fh9
もう捕まったら即処刑でキャラロストしてくれって言いたいね、
あいつら本当に手に負えないもん
そうしてイベントに参加できなくなれば良いんだ、あんなやつら！

139：名無しの冒険者 ID：Feag82gcw
言ってることが過激だが、気持ちは分かる
あまりにも短絡的だし、被害もかなり出ているからな……
やっていいことと悪いことの区別がつかない以上、
拳で教えるしかないって状況だしなぁ

140：名無しの冒険者 ID：LHTFfdbs8

暴力反対、なんて寝言を言ってんじゃねえって感じ
お前達が今やってる行為が暴力だから、
こっちが止めざるを得ないんだろうが！　と叫んでやったら
ぽっかーんとしてたよ。自分のやってることが
暴力だとは思っていなかったらしい
これは極端な例だろうが、そういうやつもいたってことで

141：名無しの冒険者 ID：hsOhh7fwC

すげえ頭が痛い……被害が出ていることに対してもだが、
特級の馬鹿がここまで多いことに関して

142：名無しの冒険者 ID：ARGRrsav5

まあ、ここに来てとうとう本性を現しただけなのかもしれないが
どっちにしろこれ以上ワンモア世界を
壊されてたまるかってんだ
あのクソッたれ有翼人と戦った理由が
分かんなくなっちまうだろうが

143：名無しの冒険者 ID：RGawgr4er

おお、あついあつい。だが、気持ちは分かるよ
せっかく仲良くやってきたのに、
立ち去るからって壊していいなんて理由はどこにもないもんね……
立つ鳥跡を濁さずでいきたいな

144：名無しの冒険者 ID：Gg21ghetd

ああ、俺もそっち側の考えだな
立ち去るのであればいい思い出を残してえ
今が良ければ暴れてもそれでいいって考えは嫌いだ

145：名無しの冒険者 ID：Ksrth8dsv
その考えの違いも、人間らしいっちゃらしいんだけどね……
だからこそ多様性は生まれるんだろうし
けど、自分も今暴れている連中のことは嫌いだ
だから用心棒を積極的にやってるよ、
あんなやつらに屈して店を畳まなきゃならないなんて結末は胸糞悪い

146：名無しの冒険者 ID：Ogf5fwwfX
ゲームマスターも、この件に対しては動いていないからね
プレイヤー自身が止めに回らないといけないって考えみたいだ
まあそれもワンモアっぽいということになるのかもしれんけど

147：名無しの冒険者 ID：SCec743wt
向こうは向こうでこっちを自治厨だとか、
考えの押しつけをしてくる雑魚とか言ってるみたい
でもさ、それを言うならお前らの破壊行為は悪事だし、
考えの押しつけはそっちが最初にやってきてるんだろうがと思うね

148：名無しの冒険者 ID：CWw2fNnhy
結局は立ち位置と意見が真っ向からぶつかってるからなぁ
話し合いでどうにかなるって範疇ではない……
話し合いでどうにかしろって声も多少あるようだけどさ、
じゃあお前らがまずやってくれって言うと
何もしないでいなくなるのな

149：名無しの冒険者 ID：HDRSdrsfb
第三者視点でぎゃあぎゃあ言ってくる連中の大半はそうだろ
自分は何もしない、できないくせに文句だけはいっちょ前に
投げつけてくるんだよ。あいつらも卑怯者だぜ

150：名無しの冒険者 ID：GEResa27w
まあ、そんな役立たずの意見なんて
聞いている余裕はないね
とにかく暴行を働いてるやつらを、
止められるプレイヤーで止めていかないと
あまりに酷いなら、各国の警察系に連行するとか……
ってまた来やがった！
悪いが用心棒に戻るから失礼！

151：名無しの冒険者 ID：HJSdd5eNb
各自でできることを今はやるしかない、ね
スキル上げとかしたかったけど、
この現状は放置できないから諦めたよ
ああもう、ほんと余計なことしかしないやつが多すぎ！

152：名無しの冒険者 ID：ive2wed36
因果応報は、悪いことをしてれば悪いことが返ってくる
じゃあ、良いことを続ければ……そう考えて励もうよ

153：名無しの冒険者 ID：GDxbnk8h2
これ以上は、流石に阻止しなきゃダメだ
そうしないと険悪な空気が殺し合いの空気になりかねない
あいつらそういう空気を感じ取る能力は
まーったくねえんだよなー……

月が導く異世界道中
Tsukiga Michibiku Isekai Dochu
あずみ圭
Azumi Kei
1~18
8.5
シリーズ累計
350万部
(電子含む)
の超人気作!
TVアニメ 第2期
2024年1月から
2クール
放送決定!

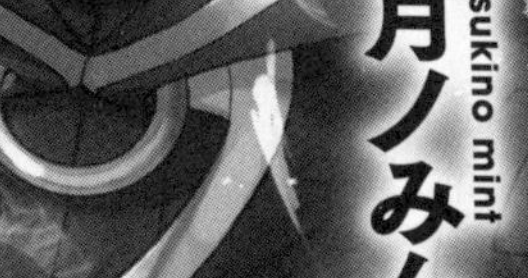

最強付与術師の成長革命
追放元パーティから魔力を回収して自由に暮らします
え、勇者降ろされた？知らんがな
Tsukino mint
月ノみんと
僕を追い出した勇者パーティが王様から大目玉!?
知らんがな。
自己強化&永続付与で超成長した僕は
一人で自由に冒険しますね？

この作品に対する皆様のご意見・ご感想をお待ちしております。
おハガキ・お手紙は以下の宛先にお送りください。

【宛先】
〒150-6008 東京都渋谷区恵比寿4-20-3 恵比寿ｶﾞｰﾃﾞﾝﾌﾟﾚｲｽﾀﾜｰ 8F
（株）アルファポリス　書籍感想係

メールフォームでのご意見・ご感想は右のＱＲコードから、
あるいは以下のワードで検索をかけてください。

アルファポリス　書籍の感想　検索

ご感想はこちらから

本書は Web サイト「アルファポリス」(https://www.alphapolis.co.jp/)に投稿されたものを、改稿、加筆のうえ、書籍化したものです。

とあるおっさんのＶＲＭＭＯ《ブイアールエムエムオー》活動《かつどう》記《き》28

椎名《しいな》ほわほわ

2023年 9月 30日初版発行

編集ー今井太一・宮坂剛・宮田可南子
編集長ー太田鉄平
発行者ー梶本雄介
発行所ー株式会社アルファポリス
〒150-6008 東京都渋谷区恵比寿4-20-3 恵比寿ｶﾞｰﾃﾞﾝﾌﾟﾚｲｽﾀﾜｰ8F
TEL 03-6277-1601（営業） 03-6277-1602（編集）
URL https://www.alphapolis.co.jp/
発売元ー株式会社星雲社（共同出版社・流通責任出版社）
〒112-0005 東京都文京区水道1-3-30
TEL 03-3868-3275
装丁・本文イラストーヤマーダ
装丁デザインーansyyqdesign
印刷ー中央精版印刷株式会社

ISBN978-4-434-32653-0 C0093